Les P'tits Romans Passeport

ANTOINE DE [illegible]

TERREUR À AVORIAZ

HACHETTE
Éducation

Conception graphique
Couverture : Sarbacane
Intérieur : Sarbacane

Mise en page
MÉDIAMAX

Illustrations
Couverture : Wilfried Bartoli
Intérieur : Wilfried Bartoli
Théo : Sylvie Chrétien

ISBN : 2.01.168100.6

Le roman

Les P'tits Romans Passeport

présentation

Bonjour, jeune ami, et mille excuses si je viens retarder ta distrayante lecture. L'on me nomme Théo. J'habite à droite en sortant, au fond du P'tit Roman, dans une cabane de jardin qui me sert de cabane à outils et d'atelier. Et que faire dans un atelier, sinon y travailler. Eh oui ! je sais, la vie est parfois dure.

Voici la règle du jeu.

OPTION 1 :

Tu peux, si tu le désires, sauter les exercices (sur un fond couleur) et lire l'aventure jusqu'au bout, puis tout relire en faisant cette fois les exercices. Nul ne t'en voudra.

OPTION 2 :

Tu peux aussi ne lire *que* l'aventure, mais souviens-toi de ce qui est arrivé aux compagnons de Pinocchio, qui ne pensaient qu'à jouer et qui furent transformés en ânes...

OPTION 3 :

Enfin, tu peux, au fil de ta lecture, effectuer des exercices faciles et distrayants ; c'est ce que je te conseille mais, bien entendu, c'est toi qui décides (enfin, toi et d'autres personnes, si tu vois ce que je veux dire...).

Allons-y, nous avons perdu assez de temps.

■ Première observation. Tu rencontreras dans le texte des mots suivis d'un astérisque, comme ça : cramenberre*. (Je sais, ça ne veut rien dire, c'est juste un exemple ; tu connais le sens du mot « exemple » ? Bon, c'est déjà ça de gagné...) Ces mots, tu les retrouveras en bas de page, où ils te seront expliqués.

■ Et puis, de temps à autre, je me permettrai d'interrompre ta lecture captivante pour te poser quelques questions dont le corrigé t'attendra dans **La cabane de jardin**. Mais, si tu ne trouves pas tout de suite la réponse, ne te jette pas sur le corrigé ! En effet, chaque fois que tu rencontreras ceci 27 en marge d'une question, va faire un petit tour à la fin du roman, dans **La caverne du savoir**, où tu pourras trouver de l'aide au numéro indiqué.

Bon vent, camarade !

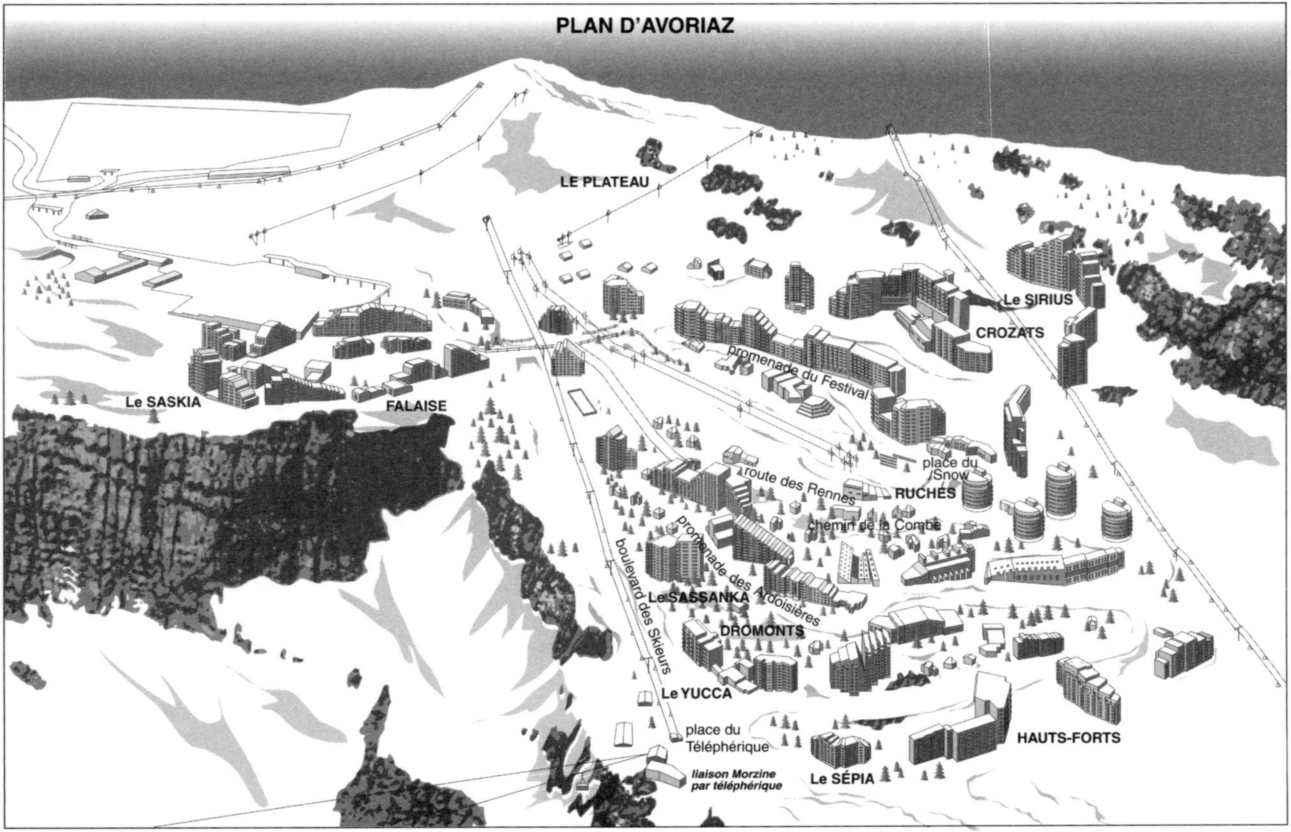

PLAN D'AVORIAZ

I
L'homme en noir

Arrivé au sommet du téléski d'Arare, Sébastien descendit de quelques mètres pour se mettre à l'abri du vent glacé qui soulevait des écharpes de neige. Malgré cela, il frissonna dans son anorak, enfonça son bonnet sur les yeux et rentra la tête dans le col.

– Une dernière descente, pensa-t-il. Ensuite, je rentre ; il fait trop froid et on ne voit presque plus rien.

Il poussa sur les bâtons et se laissa glisser lentement vers la station, s'appliquant à enchaîner les virages, légèrement penché en avant comme le lui demandait Yves, son moniteur.

La piste était presque déserte. Une ombre le frôla, un skieur dans une combinaison noire qui descendait comme s'il avait le Diable à ses trousses. Sébastien, déséquilibré, fit un écart. Son ski aval accrocha une plaque de roche qui affleurait et les spatules se croisèrent...

Il tomba en avant, se reçut sur l'épaule et roula... Les fesses dans la neige, il hurla en direction du skieur fou, qui était déjà à mi-pente. L'homme s'arrêta et se retourna : avec sa cagoule serrée, ses lunettes noires et son visage très pâle, il ressemblait à une image de la Mort. Il leva son bâton en signe de menace, comme s'il agitait une faux*, accentuant encore la ressemblance. Puis il repartit et disparut, absorbé par la brume, tel un esprit.

Sébastien pensa alors à une histoire que leur avait racontée leur professeur de français, le « Rendez-vous de Samarcande ».

Un jour, un homme envoya son domestique au marché, d'où il revint très effrayé.
– Maître, raconta-t-il alors, je suis allé au marché, comme tu me l'avais demandé, et j'ai vu la Mort, qui m'a fait un geste de menace. Maître, permets-moi de fuir, je t'en supplie !

Le maître, qui aimait son domestique, dont il n'avait qu'à se louer, lui dit alors :
– Va à Samarcande. J'y ai une maison où tu pourras te cacher, en attendant que je te dise de revenir.

Le domestique partit aussitôt pour Samarcande et le maître, intrigué, alla lui aussi au marché. Il y vit la Mort et se dirigea vers elle.

* **Faux :** la Mort est souvent représentée une faux à la main.

– Pourquoi, lui dit-il, as-tu fait un geste de menace à mon serviteur ?
– Ce n'était pas un geste de menace, répondit la Mort, mais un geste de surprise. Ce n'était pas ici que ton domestique devait me rencontrer, mais à Samarcande.

Sébastien avait déchaussé et il lui fallut plusieurs minutes pour nettoyer ses skis, rechausser, enlever la neige qui était entrée dans son col et coulait sur ses lunettes. Il regarda autour de lui. Cette fois-ci, il était bien seul ; tout avait pris la même teinte – le ciel, le paysage, la piste –, un blanc sale qui effaçait les ombres et le relief.
– La prochaine fois, je m'arrête avant. Si ce fou m'avait fait mal, je passais la nuit sur la piste.

Il se secoua et repartit, rasant les pylônes du télésiège, descendant le plus rapidement possible, le cœur étreint par une inquiétude qui, ajoutée à l'obscurité grandissante, manqua de le faire tomber plusieurs fois.

Il retrouva avec plaisir le couloir qui conduisait au dernier replat, juste au-dessus de la place du Téléphérique, où se trouve la gare des bennes.

Lorsqu'il sortit du couloir, la station lui apparut enfin ; il n'avait aucune envie d'admirer le paysage, et pourtant, il s'arrêta à nouveau pour reprendre son souffle ; d'ailleurs, à côté de lui, trois skieuses riaient et plaisantaient, se bousculant. À cette altitude, il faisait plus clair, et un dernier rayon de soleil, le dernier avant longtemps, apparut soudain, dissipant comme un mauvais rêve les minutes qui venaient de s'écouler.

Sébastien regarda le gigantesque panorama qui s'étendait devant lui : à sa gauche, une ligne d'épicéas, dont les silhouettes dentelaient le ciel, ourlait la piste, qui dévalait jusqu'à la place du Téléphérique ; puis, s'étageant jusqu'au plateau, la station. Ses immeubles se dressaient,

sombres. On les avait recouverts d'écailles de bois – du cèdre rouge –, appelées « tavaillons », et aucun n'était identique à l'autre : certains ressemblaient à des pyramides incas, d'autres à des pommes de pin, ou à des ruches. À cette heure tardive, ils étaient piquetés de milliers de lumières et l'on croyait voir de gigantesques pierres aux éclats phosphoriques. Enfin, derrière la station, sous le velours du ciel, les pans coupés des montagnes aux solitudes inviolées, se hissant vers les sommets : la pointe de Vorlaz, la pointe de Chésery, la pointe de Mossette.

Allez, on souffle un peu. On plante les bâtons dans la neige, on déchausse, on enlève les gants, le bonnet et les lunettes, et on réfléchit, tout en croquant une barre de céréales.

1 Dans le paragraphe précédent, à quel type d'expansions du nom correspondent les éléments soulignés : **3**

a) d'épicéas : ....

b) dont les silhouettes dentelaient le ciel : ....

c) tardive : ....

d) gigantesques : ....

e) des montagnes : ....

Le soleil disparut et Sébastien repartit. Deux minutes plus tard, il déchaussait au pied de son immeuble, Le Sépia, l'un des plus récents de la station, au rez-de-chaussée duquel se trouvait un bar restaurant, Les Trappeurs.

Le Sépia se dressait légèrement en contrebas de la place du Téléphérique qui, dans la journée, était le point de rendez-vous de tous les skieurs ou des cours de ski. Le soir, la vie et l'animation se transportaient plus haut, vers le cœur d'Avoriaz.

Sébastien alla ranger ses skis dans le casier, puis gagna son appartement, au troisième étage. Comme il s'en doutait, ses parents et son jeune frère étaient partis faire des courses. Il sortit donc sa clé et entra. Mais il commençait à se lasser de la solitude et, après avoir pris une douche et s'être changé, il redescendit vers le bar.

Le restaurant, comble tous les midis, était presque vide en cette fin de journée, et Sébastien put s'installer tranquillement au comptoir, sur un tabouret haut.

– Qu'est-ce que tu prends ? lui demanda Didier, le patron. Un vin chaud ?

– Non, répondit Sébastien en rougissant, un jus d'orange.

Bien que grand pour son âge, il n'avait que douze ans et avait cru percevoir une raillerie* dans la question.

– Un jus d'orange ! répéta en écho Didier, qui déposa

* **Raillerie :** moquerie.

une bouteille et un verre devant Sébastien. Bon ski ?
– Pas terrible. J'avais froid et on ne voyait rien.
Et encore, il ne disait rien de l'homme en noir.
– Et ça ne va pas s'arranger, lui confia Didier, qui semblait avoir perdu un peu de sa jovialité* naturelle, on annonce une tempête de neige du feu de Dieu. Pas bon ça, pas bon pour les affaires, conclut-il d'un ton soucieux en regardant vers le ciel, au-delà des grandes baies vitrées du restaurant.
– Si les gens ne vont pas skier, ils viendront au restaurant, dit Sébastien.
– Tu as déjà vu une tempête de neige, une vraie de vraie ?
– Non.
– C'est sûr, sinon tu ne dirais pas ça. Et puis, il y a autre chose, oui, il y a autre chose !
Didier se pencha vers Sébastien et lui dit, en baissant la voix :
– Mes chiens ont hurlé à la mort toute la nuit. Cette tempête, ce ne sera pas une tempête comme les autres, tu peux me croire...

* **Jovialité** : bonne humeur.

II
La tempête

Le moins que l'on puisse dire, c'est que cette tempête ne fut pas comme les autres. Quand Sébastien lui avait rapporté les propos du patron des Trappeurs, son père, qui venait à la montagne depuis son plus jeune âge, été comme hiver, avait haussé les épaules et parlé de superstition. Mais les montagnards, comme les marins, comme tous ceux qui sont en contact avec la puissance de la nature, ne sont pas superstitieux : ils écoutent et sont attentifs aux signes, parfois imperceptibles, qu'elle nous adresse.

Au petit matin, la neige commença à tomber, drue, dense, épaisse, à gros flocons larges et collants. Et elle ne cessa plus de tomber, soulevée, amoncelée, empilée par des bourrasques de plus en plus violentes, dans un demi-jour lugubre. On n'y voyait pas à deux mètres, comme dans le brouillard le plus opaque, et les rares skieurs qui avaient tenté de sortir rentrèrent tout de suite, après une descente qui avait été un vrai cauchemar.

Les télésièges et les téléskis fermèrent les uns après les autres : les Hauts-Forts, qui culminent à 2 466 mètres, puis la Mossette, le Fornet, Chavanette, les Lindarets, et même ceux du plateau et de la station. Les pisteurs racontaient des histoires ahurissantes de nacelles de télésièges soulevées à l'horizontale par la force du vent et d'un skieur égaré qui, retrouvé par hasard dans la tourmente, avait eu une crise de nerfs en arrivant à la station.

À la gare du téléphérique, dans la grande salle du directeur technique, centre névralgique de la station où arrivent toutes les informations, les écrans affichaient des chiffres ahurissants : vitesse du vent, hauteurs de neige. Tout s'affolait et les téléphones ne cessaient de sonner.

À midi, après un dernier voyage, on dut arrêter le téléphérique des Prodains qui relie la station à Morzine, dans la vallée, car le vent avait encore forci.

Restait la route... On organisa un convoi pour ceux qui tenaient à regagner la vallée : deux déneigeuses, équipées de fraises à neige, suivies de deux camions à l'avant desquels on avait fixé une lame, d'une cinquantaine de voitures et de deux cars. Le convoi quitta la station vers 15 heures. Il avançait lentement derrière les deux déneigeuses à cause de l'épaisseur de neige sous laquelle la route avait disparu depuis longtemps. Les conducteurs des voitures ne voyaient rien, sinon les feux rouges du véhicule qui se trouvait immédiatement devant eux, et la neige qui continuait à tomber, dans le halo des phares.

Au cinquième virage, le conducteur de la déneigeuse de tête entendit un grondement qui dominait le bruit de son moteur. Il leva la tête et vit avec effroi, au-dessus de lui, derrière la gerbe de neige propulsée sur les bas-côtés par la fraise, des sapins qui basculaient comme des allumettes. Freinant en catastrophe, il sauta au bas de son engin. Il était temps... Plusieurs centaines de tonnes de neige, de terre et de rochers, broyant tout sur leur passage dans un tonnerre apocalyptique, emportèrent la déneigeuse comme si c'était un jouet d'enfant.

Quand le grondement cessa, les passagers du convoi s'avancèrent et regardèrent le spectacle, incrédules. On n'y voyait guère, mais suffisamment pour s'apercevoir que la route qui descendait vers Morzine était recouverte, sur plusieurs dizaines de mètres, d'une épaisse couche de neige, de terre et de roches.

Si tous gardaient le silence, chacun avait la même pensée : à quelques secondes près, le convoi aurait pu être balayé par l'avalanche.

Le retour vers la station fut un calvaire. Les engins, bloqués par la file de voitures qui se trouvait derrière eux, ne pouvaient plus manœuvrer, et les voitures, immobilisées par une gangue* de neige, ne purent remonter. Les uns derrière les autres, tels une procession de damnés, aveuglés et glacés, s'enfonçant dans la neige et trébuchant, les membres du convoi de la dernière chance reprirent le chemin de la station où ils arrivèrent épuisés.

* **Gangue** : enveloppe, carapace.

Comme tu l'as peut-être remarqué, j'ai été jusqu'ici d'une remarquable discrétion. Mais, bien qu'on soit dans la neige jusqu'au cou, je suis le père Théo et non le père Noël. Alors, déblayons, pour retourner au plus vite au cœur de cette palpitante aventure ! Ta Ta Tan !

1 Repère, page 17, l'adverbe « suffisamment ».
a) **À partir de quel mot cet adverbe est-il formé ?**
b) **Construis des adverbes avec les mots suivants :** ***constant, fréquent, allègre, joyeux, nonchalant, grand, méchant, gentil.*** **2**

À 16 heures, il fallut se rendre à l'évidence : on ne pouvait quitter la station, ni par les pistes, ensevelies sous un mètre de neige, ni par le téléphérique, arrêté, ni par la route, coupée par l'avalanche.

À 17 heures, il y eut une brève accalmie et on décida de remettre en route le téléphérique. Toute la journée, des gens s'étaient présentés à la gare, invoquant une raison urgente de quitter la station. Une liste fut établie et on leur demanda de se présenter dès qu'on les appellerait. Ainsi, un peu après 17 heures, une cinquantaine de personnes se pressaient sur la plate-forme d'accès aux bennes du téléphérique.

Le directeur technique de la station, rendu prudent par l'avalanche, décida de faire une première rotation à vide, pour tester le matériel. À 17 h 15, la benne quittait donc la gare d'Avoriaz, tandis qu'une autre benne partait de la gare inférieure, aux Prodains. Il y eut un grondement, les roues d'entraînement se mirent à tourner et les câbles se tendirent, faisant tomber la neige qui s'y était agglutinée. La benne, vide, bringuebala, puis disparut doucement dans le rideau de neige et de brouillard...

Chacun soupira : il ne restait plus qu'à attendre la benne montante et les privilégiés qui avaient la chance de faire partie du voyage pourraient enfin quitter cet enfer de neige. Ils attendaient, avec leurs bagages, dans cette gare qui faisait songer au beffroi d'un puits de mine, avec ses molettes, ses câbles et ses cages. Mais, ici, on ne s'enfonçait pas dans les profondeurs chaudes de la Terre pour en tirer la houille noire et luisante, on accueillait les skieurs qui montaient vers les cimes glacées pour se rouler dans l'or blanc*, pour aspirer à pleins poumons l'air froid et vivifiant.

Soudain, un bruit les fit tous sursauter. L'énorme câble porteur se tendit brusquement, puis se relâcha, avant de se tendre à nouveau. Le bruit parut plus strident, la poulie d'entraînement devint folle et le câble, sortant de

* **L'or blanc** : la neige.

sa gorge, tournoya en sifflant dans la gare, tel un serpent furieux, fauchant un groupe de voyageurs avant de disparaître dans le vide.

Ils entendirent alors, venant de plus bas, un fracas épouvantable, assourdi cependant par la distance, le brouillard et la neige : c'étaient les deux bennes qui, au moment où elles se croisaient, venaient de tomber d'une hauteur de cinquante mètres et de s'écraser sur les rochers, dans un fracas de tôle déchirée et broyée. Puis ce fut le silence, entrecoupé seulement par les gémissements et les cris des blessés, fauchés par le câble.

Le dernier espoir de quitter la station gisait éparpillé sur les rochers, huit cents mètres plus bas. La station d'Avoriaz, cette fois, était totalement isolée du reste du monde.

III
La falaise

Auguste était attablé aux Trappeurs, en compagnie d'Yves, jeune moniteur de ski, tout juste âgé de vingt ans. Auguste était l'un des plus vieux moniteurs de la station, « un survivant », comme il s'appelait lui-même parfois ; survivant d'une autre époque, où la station n'existait même pas, où l'on skiait avec des chaussures à lacets accrochées aux skis par des fixations à câbles, où les surfs ne se rencontraient que sur les plages de Californie. Tout le monde aimait bien Auguste, même les jeunes moniteurs et monitrices qui se moquaient parfois gentiment de lui, de ses méthodes, de sa façon de skier, de son goût pour la gentiane* ; il avait ses habitués, ses fidèles, parfois plus âgés que lui, qui appréciaient sa patience, et les jeunes enfants l'adoraient.

– Tu en penses quoi de tout ça, toi ? Tu trouves ça normal, cette tempête et cette avalanche, et cette

* **Gentiane** : liqueur tirée d'une plante de montagne, la gentiane.

cabine qui dégringole toute seule ? lui demanda Yves.

Auguste vida son verre de vin chaud avant de répondre. Comme beaucoup de montagnards, il n'était pas très grand, mais trapu et bien accroché au sol, même le plus pentu ; il avait les cheveux blancs et ses yeux bleus, un peu éteints par les années, éclairaient encore sa figure cuite et recuite par le soleil, tannée par le vent, creusée par la neige. Sa combinaison rouge de l'E.S.F.*, qu'il portait par habitude, bien qu'aucun cours n'ait eu lieu ce jour-là, jetait une note vive sur les murs recouverts de bois blond. Il s'essuya la bouche d'un revers de main, se retourna sur sa chaise pour regarder au dehors.

Et toi, tu vois quelque chose ? Ben moi, j'ai vu passer une question !

❶ Le portrait d'Auguste

a) Retrouve les caractéristiques du personnage mentionnées dans le paragraphe précédent. **7**

b) Dans quel ordre sont-elles présentées ?

La nuit était tombée. Les lampes fixées sur la façade des Trappeurs éclairaient l'éternel ballet des flocons, qui dansaient et virevoltaient. Malgré les efforts du personnel, la

* **E.S.F.** : École de ski français.

terrasse était recouverte d'une épaisse couche de neige. Bien pis, la neige qu'ils étaient parvenus à déblayer s'amoncelait tout autour de la terrasse et montait à hauteur du premier étage, mur blanc qui cachait les pistes, dans lequel on avait ouvert deux brèches par où entraient les rares clients.

C'était une désolation générale. Les vacanciers ne skiaient plus, les moniteurs étaient au chômage, les cafés et les restaurants désertés. Personne n'avait le cœur à s'amuser et les skieurs restaient dans leurs appartements, regardant désespérément tomber cette neige qu'ils aimaient tant, pour laquelle ils étaient là, dont l'absence les faisait parfois tant rager, mais qui aujourd'hui se transformait en un fléau digne des dix plaies d'Égypte*.

– Sûr que c'est rare, de la neige comme ça, dit enfin Auguste, avec son accent savoyard, lent et traînant, mais pas naturel, ça, on peut pas y dire. J'en ai vu d'autres, des tempêtes de neige ! Et pour le reste, ma foi, tout va ensemble. Une avalanche en plein été, j'y trouverais pas naturel, mais là...

– Et la cabine ?

– La cabine, la cabine ! Fallait y laisser où elle était, la cabine, et attendre un jour ou deux ! On est bien avancé, maintenant ! On va faire comment pour redescendre

*** Les dix plaies d'Égypte :** Dieu envoya dix plaies (fléaux, calamités) sur l'Égypte pour obliger Pharaon à libérer les Hébreux (*La Bible*, *Exode*).

à Morzine, quand on n'aura plus cette sacrée neige ? Faudra prendre la voiture tous les soirs, bon Dieu ! Ils s'en moquent bien, les Parisiens, que la cabine est en bas !

– Ah ça, dit Yves, ta bonne amie risque de ne pas t'attendre !

Auguste sourit. La « bonne amie » d'Auguste était la plaisanterie préférée des jeunes moniteurs. En fait, Auguste était vieux garçon et il avait acheté, avec ses économies, un petit studio à la station, dans l'un des immeubles construits au bord de la falaise, le Saskia, qui offrait une vue vertigineuse sur la vallée des Ardoisières, débouchant sur Morzine, et sur les sommets du massif, les Hauts-Forts, la pointe de Ressachaux ou, plus loin, le mont Chéry, au-dessus des Gets. Il y couchait parfois, quand le studio n'était pas loué, mais, le plus souvent, il prenait la benne pour rentrer chez lui, aux Udrezants, un des quartiers de Morzine, dans son chalet natal au toit d'ardoises, où il vivait avec sa mère. Par chance, les locataires qui devaient occuper le studio cette semaine-là n'avaient pu monter à cause de la tempête, et Auguste s'y était installé, donnant asile à deux autres moniteurs, bloqués comme lui à la station. Mais sa mère ne pouvait guère rester longtemps toute seule, et c'est bien ce qui motivait sa colère.

Je ne sais pas pourquoi, mais il me semble que les choses vont se gâter d'ici peu. Alors, avant de plonger dans le... mais patience... faisons vite un petit exercice...

2 Dis si les mots ou groupes de mots soulignés dans le paragraphe précédent sont : épithète, attribut ou apposé. 4

a) vieux garçon : ....

b) le Saskia : ....

c) vertigineuse : ....

d) Chéry : ....

e) un des quartiers de Morzine : ....

– Tu en as vraiment vu d'autres, des tempêtes de neige aussi fortes ? reprit Yves, intrigué.

– Sûr ! Attends voir, répondit Auguste, rassemblant ses souvenirs... Tiens, par exemple, l'année où... l'année où...

– L'année où... ?

Auguste se passa la main sur le front. Son regard se posa fugitivement sur le visage du jeune moniteur, mais sans le voir, comme s'il regardait au-delà, puis il ferma les yeux.

– Ça ne va pas, Auguste ? demanda Yves.

Il avait vu une curieuse lueur dans le regard du vieux moniteur, une sorte d'angoisse, qui lui fit croire qu'il était peut-être malade.

– Non, non, c'est rien ! Il fait pas très chaud ici.
– Toi, tu nous couves quelque chose, répliqua Yves. Il fait une chaleur d'enfer. Didier, un autre vin chaud pour Auguste !
– Il a assez bu, répondit Didier. On ferme !
– Un petit dernier, pour un petit vieux de Morzine, répliqua le jeune moniteur.
– Rien à faire, cria le patron des Trappeurs ; de toute façon, je suis de Montriond*, moi !

Auguste se leva, vacillant un peu sur ses jambes.
– Ça va, tu es sûr ? demanda à nouveau Yves, inquiet.
– Mais oui, t'occupe pas, bougonna Auguste. Ar'vi*.
Il enfonça sa casquette sur les yeux, dit bonsoir à la compagnie et sortit dans le froid et l'obscurité, en remettant ses gants.

Comme tous les montagnards, il en fallait bien plus pour l'émouvoir mais il frissonna tout de même. Il alla prendre ses skis sur le râtelier, à côté de la grande statue en bois peinturlurée représentant un trappeur, enfouie dans la neige jusqu'aux genoux, et remonta vers l'ascenseur public, qui se trouvait à quelques dizaines de mètres, et permettait de rejoindre commodément le centre de la station.

* **Montriond** : village voisin de Morzine.
* **Ar'vi** : au revoir, en patois savoyard.

Il y avait un peu d'animation au cœur d'Avoriaz et Auguste en fut heureux. L'ascenseur et les coursives* vides, les rues désertes où l'on s'enfonçait dans la neige à chaque pas malgré le ballet incessant des dameuses, tout cela finissait par porter sur les nerfs, et les lumières des magasins ou des cafés encore ouverts, les silhouettes des vacanciers, les quelques bruits qu'il pouvait entendre réconfortèrent un peu le vieux moniteur.

Mais, très vite, en obliquant vers les immeubles du quartier de la Falaise, il retrouva l'obscurité et le silence. Comble de malchance, la neige se remit à tomber, encore plus épaisse, et il dut s'arrêter plusieurs fois, cherchant sa route, dans le froid plus vif à chaque instant qui le fit tousser.

Il croisa le boulevard des Skieurs, piste qui remontait directement de la place du Téléphérique en longeant la falaise, mais qu'il avait évitée car personne ne s'y aventurait jamais le soir. Dans le silence, il lui sembla entendre quelque chose. Il tendit l'oreille : quelqu'un marchait derrière lui. Il s'arrêta mais n'entendit plus rien. Il reprit sa marche et, de nouveau, il crut entendre le crissement, si caractéristique, des pas dans la neige fraîche. Il s'arrêta et le bruit cessa, comme si celui, ou celle, qui marchait derrière lui, s'arrêtait en même temps

* **Coursives** : couloirs.

que lui. « Sans doute, pensa Auguste, quelqu'un qui s'est perdu et qui me suit. »

– Eh ! cria-t-il, il y a quelqu'un ? Vous êtes perdu ? Approchez !

Mais rien ne bougea et le seul bruit qu'il pouvait entendre était celui des flocons sur sa capuche.

Auguste haussa les épaules et reprit sa route, marchant plus vite, agacé de se sentir ainsi suivi. Pourtant, non seulement il ne distançait pas son poursuivant, mais le bruit des pas se rapprochait. Auguste voulut en avoir le cœur net et rebroussa chemin.

Une grande forme noire était là, devant lui. Auguste se rapprocha.

– Qu'est-ce que vous... ?

Il n'acheva pas sa phrase, en proie à une terreur sans nom. Il fit demi-tour et tenta de courir, mais ses jambes ne le portaient plus. Il avança de quelques mètres mais il ne savait plus où il était, ni ce qu'il faisait. La haute forme noire se dressa de nouveau devant lui, comme si elle sortait du néant. Auguste laissa tomber ses skis et ses bâtons, pour avancer plus vite.

Il sentit soudain une haleine froide souffler sur son visage et comprit qu'il arrivait près de la falaise. L'obscurité se fit encore plus ténébreuse, le froid encore plus pénétrant. Il buta contre le filet de protection, haut de plusieurs mètres, qui délimitait le bord de la falaise, et s'y englua, tel un insecte se débattant dans la toile d'une monstrueuse araignée.

Malgré la chaleur occasionnée par sa course, il se sentait glacé et répétait, sans se rendre compte de ce qu'il disait :

– Non, non, ce n'est pas possible. Pas ça...

Il continuait à longer le filet, marchant de plus en plus difficilement dans la neige. Soudain, il ne sentit plus le filet. L'ombre se dressa devant lui, leva les bras. Auguste

recula, fou de terreur. Il n'y avait plus de neige sous ses pieds mais la roche, aux arêtes coupantes. Il recula encore. Une rafale de vent, plus forte que les autres, le fit vaciller. Il tenta de reprendre son équilibre, mais son pied droit ne rencontra que le vide. Il agita les bras, marionnette dérisoire, et tomba en arrière, sans un cri, absorbé par le vide, le froid et les ténèbres silencieuses.

IV
L'affiche

Sébastien se réveilla, s'étira et regarda sa montre, étonné qu'on le laissât dormir aussi tard.

Mais, lorsqu'il regarda par la fenêtre de sa chambre, il comprit pourquoi. Toujours cette maudite neige ! Une indigestion de neige, aussi écœurante qu'une indigestion de mousse au chocolat.

Sébastien entendit son frère grogner sous les couvertures.

– Ferme le volet, laisse-moi dormir !

– Bien sûr, cher ami, dit Sébastien qui ouvrit toute grande la fenêtre, par laquelle s'engouffra un air glacial, avant de se précipiter hors de la chambre, sous les imprécations* de son cadet et en évitant de justesse une pantoufle.

Il rejoignit ses parents dans la salle à manger, où l'attendait le petit-déjeuner. Son père tournait en rond.

* **Imprécations** : malédictions, cris de vengeance.

– Quelle calamité, maugréait-il. Ils ne reçoivent même plus les journaux ! Et impossible de quitter la station.
– On va peut-être être obligés de rester là quinze jours, ou trois semaines, dit Sébastien plein d'espoir. Je vais rater tous mes contrôles.
– Il s'agit bien de ça ! Avec tout le travail qui m'attend au bureau. Enfin, si la tempête s'arrête, et elle finira bien par s'arrêter, il reste quand même une issue : la route des Lindarets. Elle est très raide, et d'habitude elle n'est jamais ouverte en hiver. Mais, m'a-t-on dit, en roulant par convoi et en sens unique, ça devrait passer.
– Inutile de dramatiser, dit la mère de Sébastien. Il nous reste encore quelques jours, ça nous laisse le temps de voir venir. Sébastien, il me semble que tu avais apporté deux ou trois livres...

Sébastien termina son verre de jus d'orange et répondit qu'il descendait d'abord aux Trappeurs, où l'on aurait peut-être d'autres nouvelles.

Au bar, Yves semblait soucieux.
– Toujours pas de cours ? demanda Sébastien.
– Toujours pas, et aucune amélioration attendue d'après la station météo de Chamonix. Mais ce n'est pas ce qui m'inquiète le plus.

– Ta copine t'a quitté ?
– J'aimerais bien, dit Yves sans en penser un mot. Non, c'est plutôt mon copain, Auguste, qui m'a lâché. Je suis passé chez lui, au Saskia ; ça ne répond pas, et personne ne l'a vu ici.

À ce moment-là, un des moniteurs qui logeaient chez Auguste entra dans le bar, le visage sombre, fit des yeux le tour de la grande salle et, apercevant Yves, se dirigea vers lui.
– Quelqu'un a trouvé des skis et des bâtons près de la falaise, dit Christophe, le nouvel arrivant. Ça pourrait être ceux d'Auguste. Je vais voir. Tu viens avec moi ?

Yves, qui avait blêmi sous son hâle, se leva sans répondre.
– Je peux venir aussi ? demanda Sébastien.
– Si tu veux, répondit machinalement le jeune moniteur.

Sans le savoir, ils prirent le même chemin que celui emprunté la veille par Auguste : l'ascenseur public, la coursive qui menait à la place des Dromonts, et la promenade des Ardoisières. Les deux hommes marchaient à grands pas, sans un mot, et Sébastien devait forcer l'allure pour les suivre.

Ils arrivèrent enfin près de la falaise et aperçurent un attroupement, à quelques dizaines de mètres des hauts filets de protection. Yves accéléra le pas et arriva le premier sur les lieux. Il écarta sans ménagement deux ou trois badauds et fut arrêté par un gendarme.

– Reculez, monsieur, s'il vous plaît !

– Je suis un ami d'Auguste, protesta Yves.

Le gendarme, qui avait reconnu la combinaison rouge des moniteurs, l'adressa à l'adjudant qui se trouvait non loin.

– Vous reconnaissez ces skis ? lui demanda l'adjudant, lorsque le moniteur se fut présenté.

Yves aurait aimé ne pas les reconnaître, mais c'était bien les Rossignol d'Auguste Baud.

– Mon adjudant, appela un gendarme. Venez voir !

L'adjudant, suivi d'Yves et de Christophe, s'approcha du bord de la falaise. La fin de la matinée approchait. Il neigeotait et une sorte de demi-jour s'était levé, sous la pâleur laiteuse des nuages.

Le gendarme qui les avait appelés tendit à son supérieur une paire de jumelles.

– Regardez, là, à côté des deux sapins !

L'adjudant se pencha prudemment, retenu à la ceinture par le gendarme, ajusta les jumelles sur ses yeux et, après avoir réglé l'oculaire, dit d'une voix sourde :

– J'ai bien peur que ce ne soit lui.

Il tendit les jumelles à Yves. Celui-ci se pencha, tenu à son tour par le gendarme, et regarda. Il lui sembla que les rochers, la neige et les sapins lui sautaient à la figure. Son regard accrocha soudain une forme rouge, à moitié enfouie dans la neige. Des larmes lui montèrent aux yeux et il rendit les jumelles à l'adjudant.

– On saura quand ?

– Je vais essayer d'envoyer deux ou trois gars. Mais pour le remonter, ça va être une autre histoire.

– Je peux y aller ? demanda Yves.

L'adjudant lui posa la main sur l'épaule.
– Bien sûr !

Merci mon adjudant ! Quant à vous, tous au garde-à-vous pour l'exercice suivant. Et le premier qui bouge, il est de corvée de patates !

1 Précise pour chacune des phrases suivantes si elle est : déclarative, impérative, exclamative ou interrogative. **6**

a) Ferme le volet !
b) Ils ne reçoivent même plus les journaux !
c) Ta copine t'a quitté ?
d) Je peux venir, moi aussi ?
e) Reculez, monsieur, s'il vous plaît !
f) Je suis un ami d'Auguste.
g) Venez voir !
h) J'ai bien peur que ce ne soit lui.

Sébastien, resté en arrière avec les autres spectateurs du drame, avait compris en voyant la mine du jeune moniteur qui s'éloignait à présent avec les gendarmes. Il ne lui restait plus qu'à redescendre vers le Sépia.

Il refit le chemin en sens inverse et, quelques minutes plus tard, arriva devant l'ascenseur.

Chose curieuse, les portes étaient ouvertes et plusieurs personnes attendaient devant, comme si elles n'osaient entrer. Sébastien approcha et entendit un murmure. Il se glissa au premier rang et comprit. La paroi du fond de l'ascenseur, en plexiglas épais – ce qui permettait, en montant ou en descendant, de jouir du paysage –, était recouverte d'une grande affiche, rédigée en caractères anciens, ceux des grimoires d'alchimistes ou des traités de sorcellerie. Mais le plus étonnant – ou le plus effrayant – venait de ce que cette affiche, couverte de lettres d'un rouge vermillon, semblait écrite avec du sang.

Les personnes présentes, qui devaient faire un effort pour déchiffrer les caractères, lisaient à voix basse, et leur murmure ressemblait à une incantation* :

MAUDITS !
Vous avez profané le sanctuaire de la Nature.
Vous avez détruit la paix et le silence
de ces lieux sacrés.
Elle m'a conservé en son sein et m'a réveillé pour
être son messager.
Elle se venge.
Vous mourrez tous !
Les Portes du Soleil deviendront les
Portes de la Nuit et de la Mort.

* **Incantation** : paroles ou chant magiques.

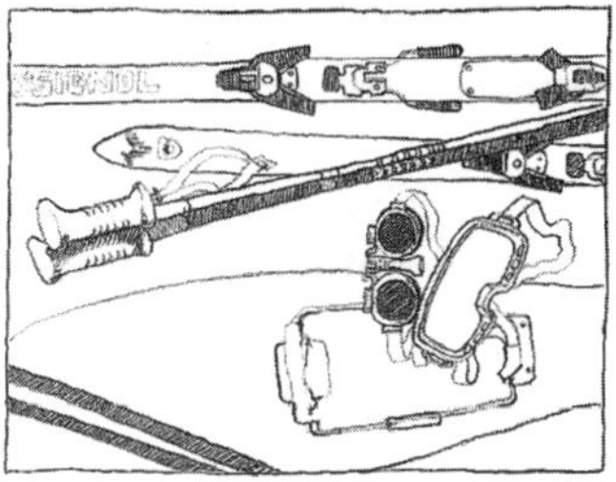

V
Attention, chute de neige !

Il faisait nuit et l'éclairage public s'était allumé depuis longtemps. Albert éteignit la lumière, sortit du magasin et ferma la porte à clé, restant quelques secondes à l'abri de l'auvent pour regarder tomber la neige, de rares et minuscules flocons, mais c'était encore de la neige, l'or blanc qui avait transformé et enrichi tous les villages de montagne, mais qui, depuis quelques jours, par une transmutation alchimique* à l'envers, s'était transformé en vil plomb, chape pesante et maléfique dont on ne pouvait se débarrasser, telle la tunique de Nessus*.

Ouh là là ! Tu comprends quelque chose toi ? Non, évidemment ! Autant demander à un réverbère de faire une addition ! Essayons quand même.

1 En t'aidant des notes de vocabulaire, pourrais-tu dire pourquoi le narrateur parle de « transmutation alchimique à l'envers » ?

* **Alchimique** : les alchimistes du Moyen Âge avait l'ambition de transformer le plomb en or.
* **Nessus** : ce centaure, tué par Hercule, se vengea à l'aide d'une tunique imprégnée de son sang qui empoisonna le héros.

❷ Un peu de mythologie... Retrouve les travaux d'Hercule les plus connus en complétant les phrases avec ces groupes de mots :
l'hydre, le lion, Hespérides, Augias
Le héros grec, fils de Zeus et d'Alcmène, dut accomplir plusieurs « travaux » : nettoyer les écuries du roi .... ; tuer .... de Némée et .... de Lerne ou encore rapporter les Pommes d'or du jardin des ....

Une journée entière sans voir un client !

Albert tenait un petit magasin de location de skis et de surfs très bien situé, sur la place du Téléphérique. En temps ordinaire, il ne désemplissait pas, mais là, rien de rien ! Personne ne skiait plus et les clients avaient rapporté leur matériel, attendant une hypothétique ouverture des pistes pour venir le rechercher. Albert avait même demandé à ses deux employés de rester chez eux, ne supportant plus de les voir tourner autour de lui sans rien faire.

Et il y avait autre chose... la mort d'Auguste, qu'il avait apprise dans l'après-midi. Auguste n'était pas un ami à proprement parler, ou alors on est l'ami de tout le monde, mais c'était un « classard », comme on dit : il était né la même année qu'Albert et ils avaient fait leurs classes* ensemble dans les chasseurs alpins, ils avaient été envoyés en Algérie, ils avaient été moniteurs, tous les deux, puis leurs routes s'étaient séparées.

*** Classes :** les premières semaines du service militaire, où l'on recevait l'instruction.

Quand la station d'Avoriaz avait été créée, au début des années soixante, sur l'idée de Jean Vuarnet*, Albert avait ouvert ce petit magasin de vente et de location de skis. Il s'était marié, avait eu deux enfants, une fille et un garçon, et la vie avait coulé, comme une poignée de sable que l'on ne peut retenir, jour après jour, semaine après semaine, année après année. Albert menait une double vie, la saison d'hiver à Avoriaz, le reste du temps à Morzine, dans le chalet de famille, où il bricolait en attendant la saison suivante, après avoir remis les skis en état.

Et voilà qu'Auguste venait de disparaître, Auguste qui avait le même âge que lui. Une mort stupide, si stupide ! Comment Auguste, moniteur, montagnard, qui connaissait la station comme sa poche, avait-il pu tomber de la falaise aussi bêtement ?

Non, quelque chose n'était pas naturel là-dedans. Et c'est bien ce qui inquiétait Albert.

Un jour, ils avaient cessé de se fréquenter, ils s'évitaient même, quand leurs routes se croisaient à Morzine ou à Avoriaz, car la vue d'Auguste rappelait quelque chose à Albert, quelque chose qu'il voulait oublier, et il savait qu'il en était de même pour Auguste. Alors, sans trop savoir pourquoi, la mort du vieux moniteur était pour le loueur de skis comme un avertissement du Destin, un

* **Jean Vuarnet :** Morzinois, champion olympique de ski à Squaw Valley en 1960.

signe prémonitoire, comme si ces maudites chutes de neige avaient réveillé des forces endormies, des maléfices cachés, qui resurgissaient soudain, impitoyables et destructeurs.

Albert se secoua ; il allait rentrer chez lui, dans le petit appartement où il logeait le plus souvent en saison, comme Auguste ; il se coucherait après avoir bu un verre de gentiane et, demain, toute mélancolie aurait disparu.

Il remonta vers l'ascenseur, perdu dans ses pensées, et appuya sur le bouton d'appel.

L'ascenseur était déjà en bas et la porte s'ouvrit tout de suite. Il avança d'un pas mais s'arrêta, comme un cheval qui bronche devant un obstacle : l'affiche, cette horrible affiche aux caractères rouge sang ! Il avait l'apostrophe initiale à hauteur des yeux. « Maudits ! Maudits ! Maudits ! »

Non, c'était plus qu'il ne pouvait supporter ce soir. Maudits ! Maudits !

Il fit demi-tour. Tant pis, il prendrait la corniche des Hauts-Forts. Un peu de marche lui ferait du bien !

Albert n'était plus qu'à quelques mètres de chez lui. Il fit encore quelques pas, ses après-ski crissant sur la neige, tourna le coin d'un immeuble et se trouva dans l'ombre.

Il s'enfonça soudain jusqu'à la ceinture, comme s'il était happé par des sables mouvants. Il lâcha un juron et, prenant appui sur ses bras, tâcha de sortir du piège dans lequel il était tombé mais la neige céda sous ses mains et il s'enfonça un peu plus, sentant la neige froide qui s'insinuait dans ses vêtements. Comment pouvait-il y avoir là une plaque de neige molle, alors que, partout ailleurs, elle était tassée par le passage des engins et des promeneurs ?

Il entendit un bruit qui ressemblait à un bruit de pas et fut soulagé : on venait à son secours.

– S'il vous plaît, cria-t-il, s'il vous plaît ! Vous pourriez m'aider ? Je suis tombé dans un trou de neige !

Les pas se rapprochèrent encore, un curieux bruit de pas, comme si celui qui avançait traînait ses pieds sur la neige. Une haute forme noire se détacha soudain sur le rideau de neige, semblant sortir du néant.

Albert tendit les deux mains :

– S'il vous plaît, dépêchez-vous, je commence à geler !

La forme avança lentement, puis se pencha en avant, vers Albert. Celui-ci sentit ses cheveux se dresser sur sa tête, et une sueur glacée, plus glacée que la neige, couvrit son corps. Il balbutia « Non ! Ce n'est pas possible ! Pas ça ! »

Comme en écho, il crut entendre une voix lointaine, venant d'on ne sait où, une voix de terreur et d'agonie, et dont on ne savait si elle émanait d'un être humain ou d'un esprit. La forme noire se recula et lança ses deux bras vers le ciel.

Il y eut alors un bruit, le bruit sourd, sifflant, reconnaissable entre tous, de la neige qui glisse sur un toit. Albert leva les yeux et, dans un geste dérisoire et désespéré, mit les mains au-dessus de sa tête, comme pour se protéger. À la même seconde, une énorme masse de neige s'abattit sur le sol, engloutissant Albert qui n'avait même pas crié.

Peu après, deux personnes passèrent dans la rue, emmitouflées dans leurs anoraks, sans même remarquer le haut tumulus* de neige, dissimulé dans l'ombre de l'immeuble.

* **Tumulus** : grand amas de terre ou de pierre ; par extension ici, de neige.

VI
Petite discussion entre amis

Après son petit-déjeuner, Sébastien descendit, comme il en avait pris l'habitude, chercher des nouvelles aux Trappeurs.

Le bar était presque plein, et le sourire était revenu sur le visage du patron et des serveurs. En effet, après l'effarement des premiers jours, les vacanciers, qui n'en pouvaient plus de rester dans leurs appartements où ils s'étaient d'abord cloîtrés, avaient repris le chemin des cafés et des restaurants qui, depuis, ne désemplissaient pas.

Pourtant, cette situation n'aurait qu'un temps, car les restaurants, pas plus ravitaillés que les magasins, se trouveraient bien vite à court de pain, de jambon et de fromage. Adieu les odorantes et délicieuses croûtes au fromage des Trappeurs !

Miam miam ! Bon, en attendant l'heure du déjeuner, ou du dîner, ou du goûter, on va croquer un petit exercice aux lardons et au chocolat, spécialité de Théo, tout comme la crème d'interrogation aux anchois garnie chantilly.

1 Le début de ce chapitre, page précédente, est un texte de type explicatif. 5
Retrouve ces connecteurs et indique, pour chacun d'eux, s'il s'agit d'un connecteur logique ou temporel.

a) en effet : ....
b) depuis : ....
c) d'abord : ....
d) pourtant : ....
e) car : ....

Mais demain est un autre jour et, pour l'heure, Didier, comme les autres patrons de restaurant, pouvait se frotter les mains.

Sébastien avait convaincu ses parents de descendre déjeuner aux Trappeurs et il alla retenir une table pour midi. Puis, avisant son ami Yves, attablé au fond de la salle, triste et solitaire, il se dirigea vers lui et prit place sur un tabouret, en face du jeune moniteur.

– C'est moche, dit-il. Nous sommes désolés pour toi.

Yves ne répondit rien, mais Sébastien sentit chez lui une tristesse profonde et sincère.

– Il y aura demain une bénédiction à l'église d'Avoriaz, en attendant les obsèques, dit le jeune moniteur, qui expliqua qu'ils n'avaient pu récupérer le corps, ni même l'approcher, à cause de l'épaisseur de la couche de neige et des risques d'avalanche. Tu viendras ? conclut-il.
– Bien sûr, répondit Sébastien. Et sa mère ?
– On ne lui a encore rien dit, elle saura bien assez tôt. D'ailleurs, elle n'a plus toute sa tête ; et comme Auguste restait parfois quelques jours sans descendre à Morzine, elle ne se rend sûrement pas compte de ce qui se passe.
– C'est affreux, dit Sébastien.
– Oui, c'est affreux... Quand on pense à ce qu'ont dû être ces quelques secondes de chute dans le vide. Si je l'avais accompagné, ça ne serait pas arrivé.
– Il n'aurait jamais voulu, dit Sébastien pour tenter d'effacer le remords du jeune homme. Il était trop fier.
– Là, tu dis vrai. Il n'aimait pas qu'on se moque de lui, de son âge, mais alors, pas du tout. Je me souviens de ce qu'il avait fait à un jeune moniteur, un jour où celui-ci s'était moqué de sa « bonne amie » devant deux monitrices, pour faire le mariolle*. Il était allé vers le gars, sans rien dire, avait pris son bâton de ski et, sans aucun effort, il l'avait plié en deux, comme ça, en l'air, même pas sur son genou. En lui rendant le bâton, il lui avait dit :

* **Mariolle** : malin.

« Tiens, petit, tu skieras mieux comme ça. » Et il était sorti. Et tu peux me croire, le gars n'a pas bronché, ni personne d'autre. Et, pendant quelques temps, il n'y a plus eu de plaisanteries sur la « bonne amie ».

– Ça alors, dit Sébastien, il faudra que j'essaye !

– Oui, essaye ! On a tous essayé, ensuite, chacun dans son coin, mais rien à faire ! C'est pour ça que je ne comprends pas. Il était si fort ! Le soir de l'accident, Auguste avait peur, j'en suis sûr !

– Il avait peur, Auguste ! Et de quoi ?

– Ben, justement, je n'en sais rien...

– Alors, pourquoi tu dis ça ?

Yves eut un soupir d'agacement, posa les deux coudes sur la table et se pencha.

– Vous posez beaucoup de questions, monsieur Sébastien.

Sébastien se pencha lui aussi, prit la paille dans le verre du moniteur, la tint à deux mains, à hauteur des yeux, et la plia lentement, puis il la rejeta sur la table.

– Tiens, petit, dit-il, tu boiras mieux.

Yves se mit à rire.

– Je vais tout vous dire, commissaire. Ce soir-là, je lui avais demandé s'il trouvait que cette tempête de neige était naturelle. Il m'avait fait comprendre qu'on faisait beaucoup d'histoires pour rien et qu'il en avait vu d'autres. Et là, il s'est produit un truc bizarre. Quand je lui ai demandé s'il se souvenait d'une tempête en particulier, ou quelque chose comme ça, il m'a dit : « Tiens, par exemple, l'année où... », et, d'un seul coup, il n'était plus le même. Comme si on avait ouvert une trappe, dans sa tête, et qu'il en était sorti des choses dont il aurait bien aimé ne jamais se souvenir. Tu vois, conclut Yves, tout ça est de ma faute.

– Et après, dit Sébastien pour le faire penser à autre chose, qu'est-ce qu'il a dit ?

– Rien, il n'a plus rien dit là-dessus. Mais j'ai bien vu

qu'il avait changé d'un seul coup ; il avait, comment dire, vieilli. J'ai même cru, quand il s'est levé de table, qu'il allait tomber.

– Et tu crois, dit Sébastien, qu'il y a un rapport entre tout ça et sa mort ?

Yves haussa les épaules.

– Il n'était pas dans son état normal, c'est sûr. Mais de là à... Ou alors, il y a autre chose, mais quoi ?

Les deux garçons réfléchirent en silence.

– Il y a une chose que je n'arrive pas à comprendre, dit Sébastien au bout d'un moment. Il y a bien des filets de protection, au bord de la falaise ?

– Bien sûr, mais à cet endroit, l'un des poteaux métalliques soutenant le filet a plié, on ne sait pas pourquoi, et le filet traînait par terre sur une dizaine de mètres. Il est passé dessus sans rien voir...

– Et les affiches rouges, tu en dis quoi ?

Ben, moi, j'en dis que ce sont des affiches qui sont rouges, et que si elles avaient été marron, on aurait dit les affiches marron et que si elles avaient été jaunes à rayures violettes, on aurait dit les affiches jaunes à rayures violettes... Voilà ! Mais revenons à nos moutons et réponds à ces questions.

❷ *a)* La phrase : « Tu en dis quoi ? » est-elle d'un niveau de langue familier, courant ou soutenu ? **8**

***b)* Récris cette phrase en utilisant les deux autres niveaux de langue.**

***c)* Le niveau de langue choisi par le narrateur te paraît-il adapté à cette situation ? Pourquoi ?**

Après la première affiche découverte dans l'ascenseur, on en avait en effet trouvé d'autres, en divers endroits de la station. Le plus étrange était que personne ne semblait avoir eu l'idée, ou le courage, de les enlever et tous les passants, du coin de l'œil, regardaient cette tache rouge qui griffait les murs.

– C'est un petit plaisantin, dit Yves sans grande conviction.

– En tout cas, plaisantin ou pas, mon père m'a défendu de sortir après six heures, dit Sébastien.

– Alors, tu pourras venir à la bénédiction demain. La cérémonie sera terminée à cette heure-là.

– Oui, bien sûr.

– Tiens, à propos, reprit Yves, j'ai rencontré quelqu'un de passionnant. Tu sais que l'église d'Avoriaz dépend de la paroisse de Morzine et, à cause de la tempête, le curé de Morzine ne pouvait pas monter. On était bien embêtés, mais un moniteur nous a alors appris que son oncle, curé d'une petite paroisse vers Samoëns, était monté faire du ski et qu'il était resté bloqué dans la station. Ce prêtre a proposé de célébrer la bénédiction et, bien sûr, on a accepté. Je dois le revoir pour régler les détails de la cérémonie. J'ai rendez-vous dans une demi-heure. Tu veux venir ?

– Bien sûr, dit Sébastien, qui sauta sur l'occasion de quitter un peu le Sépia.

VII
L'exorciste

Le prêtre logeait momentanément chez son neveu, dans un immeuble situé tout en haut de la station, dans le village des Crozats. Yves et Sébastien traversèrent toute la station, empruntèrent trois ascenseurs publics, chacun marqué, comme un sceau fatidique, par une affiche rouge. Ils arrivèrent enfin au Sirius, et ce nom fit sourire Sébastien, car c'était celui du chien d'un de ses amis.

Au dernier étage, après avoir suivi un sombre couloir, ils frappèrent à une porte.

– On est vraiment près du ciel ! dit le moniteur à voix basse.

La porte s'ouvrit sur une haute silhouette toute de noir vêtue. Sébastien distingua, en passant devant le prêtre qui s'effaçait pour les laisser entrer, une petite croix qui brillait au revers de sa veste.

Le prêtre les fit asseoir sur un canapé et s'installa dans

un fauteuil, à côté duquel étaient posés une Bible, un dossier et un verre d'eau. Une lampe, placée à côté du fauteuil, éclairait les mains du prêtre, laissant son visage dans l'ombre.

Sébastien regarda par la grande baie vitrée. Quand il faisait beau, la vue sur la station devait être magnifique mais, pour l'heure, on ne distinguait que les ombres fantomatiques des immeubles les plus proches.

– Mon père, dit Yves, je me suis permis de venir avec l'un de mes élèves, Sébastien. J'espère que cela ne vous dérange pas.

– Pas du tout, répondit l'abbé Marullaz, qui parla un moment avec Sébastien.

L'abbé Marullaz était grand et maigre, mais d'une maigreur vigoureuse, nerveuse. Ses cheveux blancs étaient coupés ras et il portait de petites lunettes rondes cerclées d'or. Il avait posé ses mains, des mains larges et fortes, sur les accoudoirs du fauteuil. Il n'était que de passage en ce lieu et pourtant, il semblait y être chez lui.

– Vous semblez préoccupé ? dit-il à Yves, en se tournant vers celui-ci.

– En effet, mon père. Il se passe de drôles de choses dans la station.

Et le jeune moniteur lui raconta tout ce qu'il savait sur

la mort d'Auguste, évoqua les doutes qui l'assaillaient, et conclut en rappelant les affiches rouges posées aux quatre coins de la station comme des symboles magiques, la tempête de neige, l'avalanche, l'accident du téléphérique... Le prêtre l'écoutait attentivement, les yeux fixés sur lui, des yeux habitués à sonder les cœurs.

Puis, après quelques secondes de silence, comme s'il réfléchissait à ce qu'on venait de lui dire, il se pencha, prit la Bible et dit :

– Quand vous avez sonné, j'étais en train de lire ceci, dans le *Livre de Job* : « Oui, Dieu nous fait voir des merveilles, il accomplit des œuvres qui nous dépassent. Quand il dit à la neige "Tombe sur la terre !", aux averses "Pleuvez drues", alors il suspend l'activité des hommes, pour que chacun reconnaisse là son œuvre. » De temps en temps, la nature se charge de nous rappeler notre petitesse et la Toute-Puissance divine. Qui se serait soucié, au temps de ma jeunesse, d'une tempête de neige sur ces hauteurs désolées et désertes ?

– Vous pensez donc comme l'auteur de l'affiche ?

– Non, mais je vais vous expliquer quelque chose. S'il faisait beau, on verrait la pointe de Ressachaux. Eh bien, sur Ressachaux, on peut vous montrer une petite grotte, la grotte aux fées, en patois la *tânna à les fées*. Il en va de même à Avoriaz, en un endroit appelé le Plan Brazy, où les bergers qui montaient faire paître les troupeaux, en été, venaient déposer un panier de provisions devant une grotte ; et tous les soirs, dit-on, le panier était vide. Le sens de cette légende, si l'on veut employer ce terme, est que la nature nous donne beaucoup, et qu'il faut la remercier pour ce don. Mais il ne faut pas s'étonner non plus si certains – il insista sur le mot « certains » – pensent que les forces qui se cachent au sein de la nature ne puissent un jour vouloir détruire ceux qui voulaient la détruire, et s'ils donnent aux fées un autre nom, une autre forme, une autre puissance...

– Je comprends, dit Yves.

T'as bien de la chance, mon gars. Cela dit, si notre ami Yves dit : « je comprends », c'est qu'il y a quelque chose à comprendre. Et ce qui précède est donc une... une... une explication. Bravo ! donc un texte de type... de type... explicatif ! Bien. En pleine forme, ce matin, je vois...

1 Retrouve les marques du texte explicatif.

a) Le temps

Comment appelle-t-on le type de présent utilisé dans le texte explicatif ? **7**

***b*) Le vocabulaire**
Le texte explicatif utilise beaucoup de noms, noms communs ou noms propres. Dis si les noms suivants sont concrets ou abstraits : *grotte, nature, berger, forme, puissance, troupeaux, panier.*

c) Les connecteurs logiques
Dans le paragraphe précédent, retrouve un connecteur logique indiquant une opposition ; un autre marquant une supposition. 5

– Mon jeune ami, reprit le prêtre en se tournant vers Sébastien, aimez-vous le fantastique ?
– Euh... oui, dit Sébastien.
– Bien sûr, comme tous les jeunes gens de votre âge. Il faut reconnaître que l'atmosphère de la station, son décor, son histoire* nous entraînent dans cette voie, mais une voie semée d'embûches, dont il faut se méfier. Je vais pourtant vous confier quelque chose – qui n'est pas un secret de confession, rassurez-vous –. Un gendarme est venu me trouver, tout à l'heure, pour m'apprendre qu'il y a eu un deuxième accident dans la station.

Sébastien et Yves se regardèrent.
– Ce pauvre Albert, le loueur de ski – je dis « ce pauvre Albert » parce que, comme vous le savez sans doute, je suis né à Morzine et qu'ici tout le monde se connaît –, a été retrouvé mort ce matin, enseveli sous la neige. Les

*** Histoire :** Avoriaz a accueilli un festival du Film fantastique de 1973 à 1994.

palissades qui retiennent la neige au bord de certains toits ont cédé sous le poids et la neige est tombée juste au moment où il passait.

– C'est horrible, dit Sébastien.

– Pauvre Albert, reprit Yves, en écho aux propos du prêtre. C'est curieux... il me semble... il me semble bien que c'était un classard d'Auguste.

– C'est exact, dit le prêtre. Je n'avais pas pensé à cela. Inquiets de ne pas le voir, ses employés ont alerté les gendarmes, qui ont suivi le chemin, ou plutôt les chemins, menant de son magasin à son appartement. Ils ont été alertés par une bosse de neige inhabituelle et l'ont fait déblayer. C'est là-dessous que l'on a retrouvé Albert. On a pu dégager le corps sans que personne ne s'en aperçoive. Seuls les responsables de la station sont au courant. Et vous, bien sûr, ajouta-t-il après un silence. Ils ont décidé de ne pas révéler ce nouvel accident, pour ne pas créer de psychose parmi les vacanciers dont les nerfs sont déjà mis à rude épreuve.

– Si c'est un accident, dit sombrement Yves.

– Vous dites ?

– Non, rien, vous avez sans doute raison : les circonstances nous poussent vers la psychose.

Sébastien, qui se tortillait sur le canapé, trouva la force

de poser la question qui le taraudait depuis quelques minutes.
– Mon père...
– Oui ?
– Êtes-vous vraiment un exorciste ?
– Vous savez cela ?

Sébastien rougit et se tourna vers son ami.
– C'est Yves qui me l'a dit en venant.

Le prêtre sourit
– Vous avez raison. Mais je ne suis plus exorciste, j'ai demandé à mon évêque d'être déchargé de ce ministère. Je ne suis plus tout jeune, et il y faut de la vigueur.
– Un exorciste, reprit Sébastien, c'est bien celui qui chasse le diable, les démons ?

Le prêtre se leva, alla regarder par la fenêtre, qui dévoilait un paysage toujours aussi désolé, puis revint s'asseoir.
– Sébastien, dit-il, aimez-vous ce genre de récits ? Ah ! je vous ai déjà posé cette question, je crois. Eh bien, en voici un sur lequel je travaille à mes moments perdus, ajouta l'abbé Marullaz en montrant le dossier sur lequel était inscrit : « Les possédés de Morzine ». Il devrait vous intéresser.

Tout commence à l'époque où la Savoie n'était pas encore française, en mars 1857. Morzine compte alors 2 300 habitants. Voici le récit, partout cité, rapporté par le docteur Constans, inspecteur général du service des aliénés, qui vint à Morzine plusieurs années après les faits :

« La petite Péronne T..., fille de mon voisin, devait faire prochainement sa première communion, ce qui lui causait une grande joie ; elle ne parlait que de son bonheur. Un jour, en sortant de l'église où elle venait de se confesser – c'était le 14 mars 1857 –, elle vit retirer de la rivière une autre petite fille qui avait failli se noyer. Cet accident avait paru l'impressionner, lui faire peur. Elle se rendit néanmoins en classe chez les sœurs ; mais quelques heures après, elle tomba comme morte dans son banc ! On la porta chez elle et cet état dura plusieurs heures. Trois ou quatre jours plus tard, elle éprouva la même chose à l'église, puis au bout de quatre ou cinq jours, encore chez elle, et enfin de temps en temps par la suite.

Vers le commencement de mai, ma seconde fille, Marie, du même âge qu'elle, et devant aussi faire sa première communion, était allée garder les chèvres avec Péronne qui fut prise de son mal ordinaire. Ma fille tomba dans le même état : on les trouva étendues par terre serrées l'une contre l'autre, et on les transporta sans qu'elles parussent s'en apercevoir. »

Au cours des mois qui suivent, d'autres sont atteints : des enfants, des jeunes filles, des adultes. Les crises sont marquées par des hallucinations, des accès de somnambulisme* ; les malades profèrent des blasphèmes*, des imprécations, accusent d'autres personnes de les avoir envoûtés.

Des exorcismes particuliers sont pratiqués, puis un exorcisme général, en février 1858, dans l'église de Morzine, qui produit un « affreux bouleversement ». Les « malades » – ou « possédés » – présentent les mêmes symptômes : une boule dans l'estomac qui remonte jusqu'à la gorge, des convulsions – le corps est courbé en arc, ne prenant appui que sur les talons et la tête –, des cris, des actes de violence. On va même jusqu'à sacrifier un animal au bord du lac de Montriond, dans une chapelle édifiée par un abbé que l'on accuse d'être à l'origine de la malédiction.

Puis vient le rattachement de la Savoie à la France, en 1860. Le gouvernement français envoie alors, en 1861, ce docteur Constans, dont nous avons déjà parlé, et qui arrive avec les pleins pouvoirs, des gendarmes et des soldats. Le diable n'a qu'à bien se tenir !

Il envoie les « possédés » dans divers hôpitaux de la Haute-Savoie, ou dans un asile, à Chambéry. En appa-

* **Somnambulisme** : état de celui qui marche pendant son sommeil.
* **Blasphèmes** : paroles injurieuses adressées à Dieu.

rence, l'épidémie de démonomanie, ou « démonopathie » comme l'appellent les médecins, a cessé. Constans peut quitter Morzine. Avant de partir, il laisse des instructions :

« Il ne faut tolérer dans la commune aucun malade ayant des crises... Il faudra requérir le brigadier de gendarmerie de les faire conduire en voiture à l'hôpital de Thonon, d'où ils seront dirigés sur d'autres hôpitaux... »

Pourtant, l'épidémie se poursuit. Le 30 avril 1864, l'évêque d'Annecy, monseigneur Magnin, vient à Morzine pour une cérémonie de Confirmation. Le sous-préfet rapporte :

« Cependant, Monseigneur descend de cheval, au milieu du pont ; il est précédé de trois ou quatre femmes des plus exaltées qui courent au cimetière et, immédiatement, comme à un signal donné, les soixante ou quatre-vingts femmes réunies en ce lieu tombent dans des crises affreuses, se roulant sur les tertres gazonnés au milieu des tombes ou des croix, criant et vociférant mille injures... »

Le lendemain, dans son sermon, l'évêque exhorte les malades à la patience, leur demande de s'en remettre aux prières et à la bonté de Dieu. Mais les « exaltées », qui attendaient un exorcisme, sont irritées par son attitude. Pendant la cérémonie de la Confirmation, elles injurient l'évêque, tentent de le frapper, lui arrachent son anneau

pastoral. Durant les jours qui suivent, on dénombre plus de 120 « malades ».

Le bon docteur Constans revient alors avec la troupe (soixante soldats !) : les « possédées » sont à nouveau internées, ou envoyées comme domestiques en Suisse. En contrepartie, on distribue de l'argent, on achète des instruments de musique, on constitue une bibliothèque municipale, on décide la construction d'une nouvelle route entre Thonon et Morzine. Enfin, le nom de la maladie change : on ne parle plus de démonopathie, mais d'hystérie, mot très pratique qui peut désigner à peu près tout, et le reste. Les années passent, et la « maladie » disparaît petit à petit, tout comme les « possédées », enfouies dans la mémoire collective des Morzinois, qui répugnent à évoquer cet épisode de leur histoire, ou qui l'ignorent.

– Et maintenant, conclut l'abbé Marullaz, vous attendez sans doute que je vous donne mon avis sur cette histoire : maladie, quel que soit le nom qu'on lui donne – démonopathie, hystérie, hystérie collective... – ou possession démoniaque ? Les partisans de la première thèse expliquent la maladie par l'isolement de Morzine, la mauvaise alimentation, les mariages consanguins*, le départ massif des hommes vers des contrées plus riches plusieurs mois par an, les superstitions, etc. Mais on pourrait dire cela de centaines de villages des Alpes. Alors pourquoi ici, à ce moment-là ? Quant à la possession... nos esprits modernes, formés par la science, répugnent à cette explication. Alors que dire, sinon que le Mal, que l'on croie ou non au Malin, a bien triomphé. Qu'il a provoqué souffrances physiques et morales, séparations, déchirements. Des femmes, des jeunes filles, des enfants, ont été humiliés, bafoués, moqués, rejetés, réduits à l'état d'objet d'expérimentation médicale. Voilà mon sentiment. Mais tenez, jeune homme, si vous voulez vous faire une idée plus exacte de tout cela, voici quelques ouvrages qui pourront vous

* **Consanguins :** entre personnes du même sang, par exemple entre cousins.

éclairer. Voici surtout la photocopie de lettres qui furent adressées à l'évêché pendant « l'affaire », lettres de curés, ou de paroissiens. Vous me les rendrez quand vous les aurez lues.

En attendant que notre jeune ami ait lu ces lettres, une petite question : as-tu repéré les trois passages en italique ? Tu sais ce que c'est « en italique » ? Non, ça veut pas dire « en italien »... Oui, ça veut dire penché, comme ta tête quand tu écoutes et que tu comprends pas...

❷ Retrouve, parmi les propositions suivantes, le destinateur, le destinataire et la fonction de chacun des trois passages en italique.

Destinateur : ***le sous-préfet, le père de la petite Marie, le docteur Constans.***
Destinataire : ***le docteur Constans, le gouvernement (le ministre), les autorités municipales et les gendarmes.***
Fonction : ***donner des instructions, témoigner, faire un rapport à ses supérieurs.***

***a)* Passage n° 1**
Destinateur → ....
Destinataire → ....
Fonction → ....

***b)* Passage n° 2**
Destinateur → ....
Destinataire → ....
Fonction → ....

***c)* Passage n° 3**
Destinateur → ....
Destinataire → ....
Fonction → ....

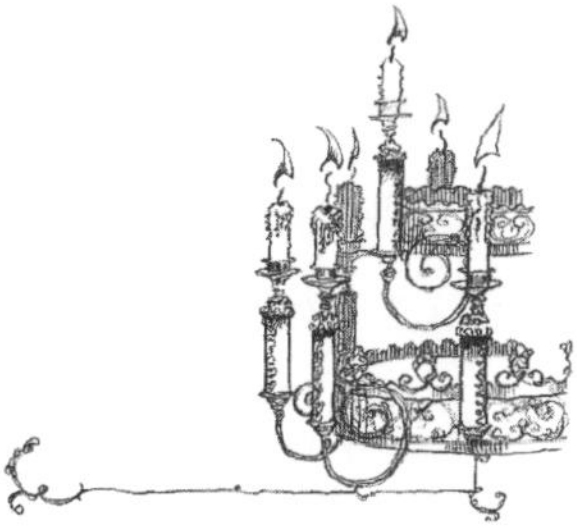

VIII

Le rendez-vous de Samarcande

Anselme fit un dernier signe de croix et sortit de l'église d'Avoriaz, dans la nuit et le froid, après la bénédiction donnée en mémoire d'Auguste, son ami. Son ami ? Oui, il l'était avant, avant ce qui s'était passé, et qui les avait séparés. En souvenir de leur enfance, dans les mêmes classes de l'école de garçons du Bourg, de leur jeunesse à Morzine, de leur service militaire à Chambéry, il était resté après les autres, assis sur un banc, au fond de l'église, repensant à ces années enfuies, passées si vite.

Il descendit la promenade du Festival, longeant les magasins encore ouverts, les brasseries, les crêperies devant lesquelles les clients faisaient la queue. Il regardait sans les voir les néons, les rectangles de lumière des vitrines au bas des sombres façades, les flammes d'une rôtissoire. Les magasins et la foule s'espacèrent, puis disparurent. Anselme descendit jusqu'à la place du Snow, remonta la route des Rennes et reprit la promenade des Ardoisières jusqu'au Sassanka, dans le village des Dromonts.

Il entra dans la coursive de l'immeuble et se dirigea vers l'ascenseur public, qui le descendrait jusqu'au boulevard des Skieurs, à quelques mètres du Yucca, l'immeuble où il avait trouvé refuge avec quelques autres employés de la SERMA*. Ils s'entassaient à sept dans le petit appartement d'un ami et les soirées y étaient longues.

« Que cette maudite neige s'arrête enfin de tomber, pensait Anselme, et qu'on puisse recommencer à travailler. »

Anselme était responsable d'un téléski, dans le secteur de Super Morzine. D'autres s'y seraient ennuyés, à donner les perches aux skieurs à longueur de journée, mais il était heureux de cette vie : au soleil lorsqu'il faisait beau ; dans la cabane lorsqu'il faisait froid et que les heures passaient sans que l'on voie arriver un client. Il écoutait de la musique, de cet accordéon dont il jouait lui-même parfois ; il lisait *Le Messager* de la première à la dernière page, surveillant du coin de l'œil le couloir d'accès au téléski.

Anselme s'arrêta devant la porte de l'ascenseur et appuya sur le bouton d'appel. Il était seul dans la coursive. Il entendit la cabine arriver avec un chuintement et

* **SERMA** : Société d'exploitation des remontées mécaniques d'Avoriaz.

la porte s'ouvrit lentement. Il eut une crispation involontaire en voyant une affiche rouge. Il entra cependant dans l'ascenseur et appuya sur le bouton du niveau zéro. Pourquoi personne n'enlevait ces maudites affiches ? Sa main se leva, se posa sur un coin de l'affiche mais il la retira vivement, comme s'il avait touché un fer rouge. L'ascenseur s'immobilisa et la porte s'ouvrit. Anselme sortit, soulagé, face à l'étroite vallée des Ardoisières qui filait vers Morzine entre ses parois abruptes, aux couches de schiste empilées comme les pages d'un livre gigantesque.

Arrivé à la porte du Yucca, Anselme hésita, puis fit demi-tour et continua vers les Trappeurs. Il n'était pas pressé de retrouver la promiscuité de l'appartement, au milieu des jeunes pisteurs dont les conversations l'insupportaient.

La place du Téléphérique était déserte. Il neigeotait et les lumières des immeubles étaient voilées par la brume. Anselme allait obliquer vers les Trappeurs mais quelque chose retint son attention et il s'arrêta. À quelques dizaines de mètres, à l'entrée de l'étroit couloir du Crôt qui permet de descendre vers les Prodains et la vallée des Ardoisières, il vit, couchée dans la neige, une longue forme noire.

Gla gla gla ! Maman j'ai peur ! Et je ne sais plus où je suis ! Pauvre petit Théo, perdu comme un petit pingouin sur la banquise ! Pourrais-tu m'aider à retrouver mon chemin ?

1 Trace sur le plan le trajet suivi par Anselme depuis l'église jusqu'à la place du Téléphérique.

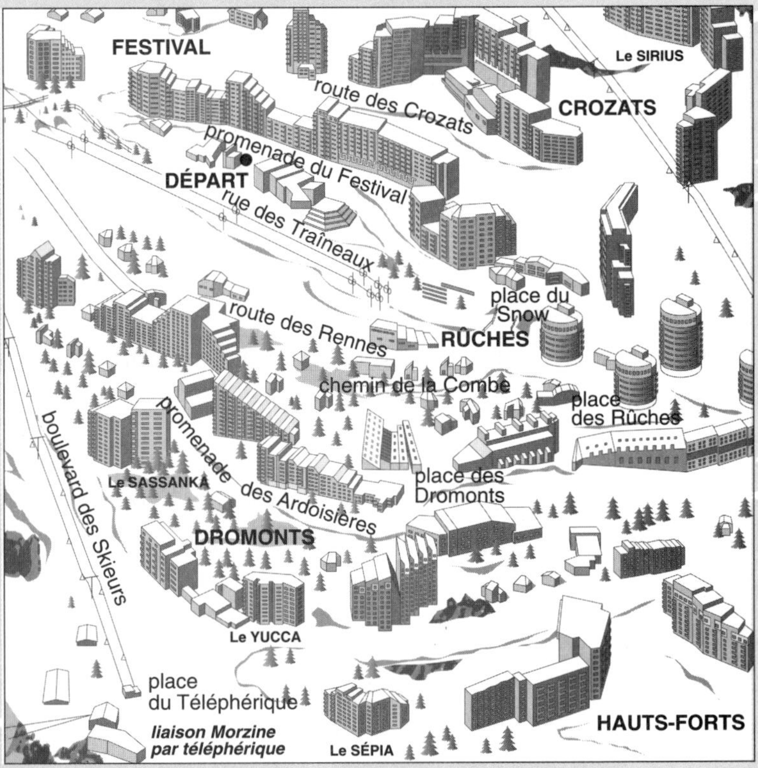

Il secoua la tête, incrédule. Se pouvait-il qu'un touriste égaré, à bout de forces, se soit écroulé dans la neige, à quelques mètres des habitations et des secours ? Il regarda autour de lui pour qu'on vienne l'aider à secourir ce malheureux, mais il n'y avait personne. Tant pis ! Il se débrouillerait seul. À la montagne, comme en mer, on va secourir ceux qui sont en difficulté, quel que soit le prix de cette solidarité. Car, si on ne le fait pas, le prix à payer est trop élevé, il était bien placé pour le savoir...

Il avança donc, sans savoir que c'était la dernière chose qu'il accomplirait sur Terre ! En approchant, il nota que l'être allongé dans la neige, à moitié recouvert par ce linceul glacé, était grand, très grand. Il se pencha sur la forme noire. C'était un homme. Il avait les yeux fermés et une couche de givre couvrait déjà ses cils, sa peau ; ses bras étaient serrés contre son corps, raides, comme ceux d'un mort. Aucun souffle ne sortait de ses narines.

« Il est mort, mort gelé », se dit Anselme, en frissonnant. Il s'agenouilla, enleva son gant et tendit la main, lentement, vers le visage. Il allait le toucher quand un frisson le secoua tout entier. Ce visage... ce visage... il le connaissait... Mais non, ce n'était pas possible ! On ne peut pas mourir deux fois, car on ne peut pas vivre deux fois !

Lui ! Lui ! Anselme secoua la tête et retira sa main. Mais le froid de la mort semblait être passé du mort au vivant. Il se sentit glacé jusqu'aux tréfonds de l'âme. Une sueur d'agonie couvrit son corps...

Le plus abominable était encore à venir. Soudain, comme si le cadavre volait la vie du vivant, la chose ouvrit les yeux tout grands, les fixant sur Anselme. Mais ces yeux, comme les yeux vides des statues, regardaient sans voir, ils regardaient quelque chose au-delà d'Anselme. Au même instant, venant d'on ne sait où, sans doute du plus profond de la mémoire d'Anselme, une voix se mit à gémir, une voix qui l'avait poursuivi longtemps, si longtemps, jour après jour, nuit après nuit... une voix déchirante, plaintive, gémissante, la voix que doivent avoir les damnés déchirés par les tourments de l'enfer...

Anselme porta la main à sa poitrine. Il tenta de se relever, ses oreilles bourdonnaient, un voile rouge, rouge sang, passa devant ses yeux et une douleur atroce, fulgurante, monta de ses bras à son cœur.

Il tomba sur le côté en murmurant :

– Pas ça ! non, pas ça...

Quelques minutes plus tard, la neige, qui s'était remise à tomber, recouvrait peu à peu le corps d'Anselme. À côté, on pouvait voir une sorte de sarcophage, étroit et long, creusé dans la neige, comme si la dernière demeure du vieil homme avait été préparée.

Ce sarcophage était vide.

IX
À Morzine

Le lendemain, se produisirent plusieurs événements, plus ou moins importants, mais dont chacun joua un rôle dans la suite de ce drame.

Le premier fut la découverte du corps d'Anselme. Au petit matin, un hurlement de terreur retentit sur la place du Téléphérique.

L'une des hôtesses de la SERMA, qui venait ouvrir le bureau d'accueil, avait vu une sorte de tumulus à l'entrée du couloir du Crôt ; elle s'était approchée, intriguée, avait un peu dégagé la neige et aperçu le visage d'Anselme, qui la regardait, les yeux grands ouverts. Elle avait poussé un long hurlement avant de s'évanouir.

Le médecin, sitôt appelé, s'occupa de ses deux patients. L'un pouvait attendre. Il administra donc un calmant à la pauvre hôtesse qui fut autorisée à rentrer chez elle. Quant à son second patient, il ne put que constater son décès « survenu à la suite d'un infarctus... ayant entraîné la mort... ».

Le deuxième événement fut l'arrestation du poseur d'affiches. Un enfant, plus courageux ou moins superstitieux que les adultes, en avait lacéré une. Deux pisteurs, qui se dirigeaient vers l'ascenseur public des Hauts-Forts, aperçurent à travers la vitre de plexiglas une silhouette qui s'agitait et semblait occupée à coller une affiche. Les voyant arriver, l'individu appuya sur le bouton de fermeture des portes et l'ascenseur remonta. Mais les pisteurs, reliés par radio aux autres employés, donnèrent aussitôt l'alerte et, malheureusement pour le colleur d'affiches, deux de leurs collègues se trouvaient dans la coursive d'accès à l'ascenseur. L'inconnu était coincé ! C'était un jeune homme, un Parisien en vacances, amateur d'occultisme*, être doux et inoffensif qui ne chercha même pas à échapper aux quatre solides pisteurs. On l'amena, avec son pot de colle, son pinceau et ses affiches, à la gendarmerie où on l'interrogea. Il ne cacha rien. Il croyait sincèrement à ce qu'il avait écrit, dit qu'il avait été « envoûté par un être » dont il ne pouvait rien dire, mais qui lui inspirait une grande peur, et raconta comment il avait procédé. Il ne savait rien d'autre.

* **Occultisme** : science qui s'occupe de choses mystérieuses, étranges.

Ben, moi non plus je sais rien. Et toi, tu sais ? Tu sais que tu sais rien. C'est déjà pas mal. Y en a tant qui savent même pas qu'ils savent rien. Va savoir... Bon, la formation par dérivation, ça te dit quelque chose ? À peu près autant que la reproduction de l'oursin ou le commerce des noix de coco entre le Congo et la Papouasie orientale ? Je m'en doutais. Allez, un petit effort, tu veux...

❶ *a*) Comment appelle-t-on la partie du mot à laquelle on ajoute un préfixe ou un suffixe pour former des mots par dérivation ?

***b*) Retrouve le suffixe des mots suivants :**
hurlement – arrestation – pisteur – Parisien – gendarmerie **1**

***c*) Quels mots peut-on former à partir des mots suivants en utilisant les suffixes que tu viens de trouver dans la question *b* ?**
châtier – Alsace – louer – scier – priver

Le dernier événement qui, celui-là, fut perçu par tous, et avec un immense soulagement, fut la fin de la tempête de neige. Pendant la nuit, les nuages blancs disparurent, chassés par une bise glaciale, et dévoilèrent un ciel noir piqueté d'étoiles. Certes, la météo l'avait annoncé, mais nul n'osait y croire. Aussitôt commença le ballet des dameuses, des déneigeuses, des pelles mécaniques, dont les phares trouaient la nuit, balayant de leurs pinceaux blancs les pentes et les routes.

Dans la matinée, chacun sortit, étonné, comme après un cauchemar ou une longue maladie, regardant le ciel bleu, le soleil qui se levait derrière les sommets et la neige qui recouvrait tout, transformant les épicéas en étranges sculptures de sucre blanc. Les naufragés de la neige, comme on les appelait, clignaient des yeux, tels ces prisonniers enfermés trop longtemps au cachot, auxquels le jour, après ces journées noires ou grises, blessait les yeux.

La priorité était de dégager la route de Morzine, recouverte par l'avalanche. Mais, en attendant, on décida d'ouvrir la route des Lindarets, habituellement fermée en hiver. Des convois de voitures pourraient ainsi, sur une voie, quitter la station dès que les parkings seraient déblayés. Pour ceux qui étaient très pressés, et qui avaient peu de bagages, on ouvrit la piste du Crôt. Ils descendirent en skis jusqu'au parking des Prodains et disparurent. Quant à la benne, et bien que les équipes du constructeur soient déjà à pied d'œuvre, elle ne pourrait pas fonctionner avant plusieurs semaines. Restait la voie des airs, et les hélicoptères commencèrent leur ronde bourdonnante, apportant médicaments ou produits de première nécessité, emportant malades et blessés, ainsi que les corps d'Albert, d'Anselme et d'Auguste, les moniteurs ayant tenu à descendre chercher leur vieux compagnon avant toute chose.

Dans l'après-midi, à la fin des cours qui avaient repris sur les quelques pistes dégagées le matin, Yves appela Sébastien :

– Demain soir, je descends à Morzine. Tu veux venir avec moi ?

– Bien sûr. Tu vas où ?

– Oh ! Ce n'est pas une sortie bien gaie. Je vais chez Auguste, pour le veiller quelques instants, avec sa famille et ses amis. Pendant ce temps, tu pourras aller te promener à Morzine, ou faire des courses.

– Non, je resterai avec toi, j'aimais bien Auguste. Mais comment vas-tu descendre, et remonter ? Tout est encore fermé.

– On descendra en skis, par la piste du Crôt. Ma voiture est au parking des Prodains. Et, pour remonter, on viendra nous chercher.

– Comment ?

– J'ai un copain qui travaille à la SERMA ; il empruntera un scooter des neiges.

– On peut monter à trois ?

– On se serrera. Sinon, tu courras derrière ; tu es jeune !

Yves, accompagné de Sébastien, franchit la porte du grand chalet. Ils traversèrent un corridor* – dans les

* **Corridor** : couloir.

vieux chalets, ces corridors séparent les pièces d'habitation de l'étable, ou de ce qui servait d'étable, les vaches ayant disparu depuis longtemps de Morzine – et pénétrèrent dans une petite pièce aux murs lambrissés. Là se trouvaient une dizaine de personnes, certaines autour d'une grande table recouverte d'une toile cirée, d'autres autour du fourneau, sur lequel chantait une bouilloire. Elles discutaient à voix basse, un verre à la main, et se tournèrent vers eux quand ils entrèrent. Yves fut accueilli par une belle-sœur d'Auguste et alla serrer quelques mains, tandis que Sébastien restait près de la porte, saluant d'un signe de tête ou d'un sourire ceux qui le regardaient.

Une porte entrouverte donnait sur la chambre dans laquelle le jeune moniteur entra seul, Sébastien ne se sentant pas le courage de franchir cette porte, par laquelle il pouvait apercevoir deux femmes, assises sur des chaises, qui alternaient prières et conversations murmurées, vaguement éclairées par la lumière de quelques bougies. En attendant son ami, Sébastien, à qui on avait offert un verre de sirop, se promena lentement autour de la pièce. Il s'approcha d'un haut buffet à deux corps, en sapin, sur lequel étaient posés ces pauvres bibelots que l'on hésite à jeter, souvenirs d'un jour heureux, d'un voyage, d'un être aimé et disparu. Il y avait aussi plusieurs petits cadres contenant des photos en noir et blanc, photos d'un autre temps : Auguste avec sa mère, Auguste en uniforme, ou avec des clients, le portrait de son père, un paysage de montagne... L'une de ces photos, un peu cachée derrière les autres, attira son regard : on y voyait quatre jeunes hommes, souriants, debout devant des sommets enneigés.

Il jeta un coup d'œil autour de lui mais personne ne semblait prêter attention à ce qu'il faisait. Alors il prit le petit cadre noir et l'approcha de ses yeux : celui qui se trouvait à droite du groupe était Auguste, on n'en pouvait douter ; c'était le même regard clair, où se lisait la même volonté. Mais qui étaient les autres ?

– On est vite de l'autre côté, hein ?

Sébastien sursauta, si absorbé par la photo qu'il n'avait pas entendu l'homme s'approcher de lui. Il avait l'âge d'Auguste, béret vissé sur la tête, mégot éteint aux lèvres. Il lui prit la photo des mains :

– Tu vois, petit, celui-là, c'est Auguste. Celui-là, c'est Anselme. Et celui-là, c'est Albert. Tous morts. Si c'est pas malheureux, des choses comme ça !

– Et le dernier ? demanda Sébastien.

L'homme fronça les sourcils et éloigna un peu la photo.

– Attends voir... Le dernier... le dernier... Ah ! j'y sais ! C'est Antoine Baud ! Tous des classards.

– Il est mort, ce monsieur ? demanda Sébastien.

– Antoine... ? L'homme parut chercher dans ses souvenirs. Non... Ça fait longtemps que je ne l'ai pas vu, mais non, il n'est pas mort...

Et il rendit la photo à Sébastien au moment où Yves, visiblement bouleversé, ressortait de la chambre mortuaire. Il s'approcha de Sébastien.

– Tu regardes les photos d'Auguste ?

– Oui, et j'ai trouvé un truc bizarre, répondit Sébastien à voix basse. Ce n'est peut-être qu'une coïncidence, mais...

– Vas-y, Sherlock, explique ! dit Yves avec un pauvre sourire.

– Regarde ! Celui-là, à droite, c'est Auguste ; celui-ci, au milieu, c'est Anselme ; le troisième, c'est Albert. Et le dernier, c'est un certain Antoine Baud. Tu n'aurais pas dû m'appeler Sherlock, mais Hercule !
– Hercule... ? Tu es trop intelligent pour un pauvre moniteur, dit Yves. Recommence en n'utilisant que des mots de deux syllabes.
– C'est simple. Hercule, Hercule Poirot, c'est le détective préféré d'Agatha Christie.
– Ça, je sais, et alors ?
– Agatha Christie a écrit un livre – dans lequel d'ailleurs, il n'y a pas Hercule Poirot, mais, passons – qui s'appelle *Dix petits nègres*. Tu connais ?
– Je l'ai lu, il y a longtemps. Les personnages sont sur une petite île et disparaissent les uns après les autres... C'est ça ?
– C'est ça... Et l'île, c'est Avoriaz bloqué par la neige... Auguste, un, Albert, deux, Anselme, trois...
– Attends, attends, dit Yves, ce n'est pas possible ! Viens ! Je ne peux pas réfléchir ici, il fait trop chaud... Il faut que je réfléchisse au frais...

Vas-y mon gars, rafraîchis-toi, enlève les chaussettes et trempe-toi les arpions dans la neige !
Alors, qu'est-ce que je disais ? Je disais rien. Ah ! c'est pour ça qu'il me semblait que je disais rien.
Bon, alors disons qu'on nous a encore fait le coup du bouquin cultivé. Le Sébastien, un brave petit soit dit entre nous, bien gentil, bien comme il faut, bien poli et tout et tout, pas comme certains que je ne nommerai pas... a évoqué Hercule Poirot, l'un des héros d'Agatha Christie, grande romancière anglaise, et Yves a appelé son jeune ami « Sherlock », prénom du héros de Conan Doyle, grand romancier anglais (1,90 m). Tu les connais ? Oui...
C'est ce qu'on va voir.

2 Relie chacune de ces œuvres à son auteur.

Dix petits nègres •	
La Vallée de la peur •	• **Agatha Christie**
Le Chien des Baskerville •	
Une étude en rouge •	
Le Meurtre de Roger Ackroyd •	• **Arthur Conan Doyle**
Mort sur le Nil •	

Il faisait nuit quand ils sortirent, dans l'ombre noire du chalet. Après la chaleur du fourneau, le froid vif les suffoqua et ils hâtèrent le pas vers la voiture, marchant au milieu de deux murs de neige, une neige qui scintillait sous la pleine lune.

– Donc, dit Yves, tu penses que ces trois morts sont liées. Mais comment ? Il n'y a aucun rapport entre elles, c'est une coïncidence...

– Peut-être, dit Sébastien, mais si on allait voir le quatrième, cet Antoine ?
– Le dernier des quatre, dit Yves.
– Non, pas le dernier, corrigea Sébastien.
Le moniteur s'arrêta et se retourna.
– Tu dis ?
– Tu oublies le cinquième.
– Le cinquième ?
– Il y avait bien quelqu'un pour prendre la photo !

X
Les souvenirs d'Antoine

Retrouver Antoine ne fut guère compliqué. De son portable, Yves appela l'un de ses cousins, qui était facteur. Celui-ci lui demanda comment allaient ses parents. Yves lui répondit qu'ils allaient très bien et son cousin affirma que « quand la santé va, tout va. »

Yves lui dit qu'il avait bien raison et, sans plus attendre, il lui expliqua l'affaire. Son cousin lui donna alors une adresse au Pied de La Plagne, à l'autre bout de Morzine.

Et la mémé Marie-Thérèse, elle va bien la mémé ? et la cousine Hortense ? et le tonton Jules ? Et le canari, il va bien le canari ? Comme si on avait que ça à faire ! Au fait, ça me donne une idée... Qui a dit « ça m'aurait étonné » ? Le petit au fond ! Évidemment ! Paroles rapportées directement ou indirectement, ça éveille un vague souvenir peut-être ? À peu près autant que la date de naissance de Louis VI le Gros ? Eh ben, t'as tort, c'était un bon roi ! Quant à ce qui concerne présentement les paroles rapportées...

1 Récris au discours direct (attention à la ponctuation !) les phrases soulignées dans les paragraphes précédents. **9**

Les deux enquêteurs traversèrent donc Morzine ensevelie sous la neige, passèrent devant l'église, puis remontèrent vers la Crusaz (on dit « la Cruse ») et s'engagèrent sur la route de La Plagne.

Arrivés au Pied de La Plagne, ils hésitèrent quelques minutes – il n'y a à Morzine ni numéros ni noms de rues – mais, grâce aux indications du facteur, ils finirent par trouver le petit chalet qu'ils cherchaient, devant lequel coulait une fontaine qui déversait son eau dans un vieux bassin, creusé dans un tronc d'arbre. Ils se garèrent et s'approchèrent. Aucune lumière ne filtrait sous les volets fermés, aucun bruit ne se faisait entendre, aucune fumée ne s'échappait de la cheminée. Le vieux chalet dégageait une étrange impression d'abandon, et pourtant, on leur avait assuré qu'il était occupé, puisqu'Antoine recevait quelquefois du courrier.

Yves frappa à la porte et attendit quelques secondes. Mais rien, ni personne, ne répondit. Il frappa une seconde fois, plus fort et plus longtemps, puis plaqua son oreille contre le battant.

– Je sais qu'il est là, dit-il. Je le sens.

Il mit sa bouche contre l'encoignure de la porte et cria :
– Monsieur Baud ! Antoine ! Je sais que vous êtes là. Je m'appelle Yves, je suis moniteur à Avoriaz. Il faut absolument que je vous parle !

Puis il recolla son oreille contre le battant et fit signe à Sébastien d'en faire autant. Celui-ci s'approcha, mit à son tour son oreille sur le bois et entendit une sorte de frottement, de glissement, celui que produit quelqu'un qui marche doucement, en traînant les pieds.

– Allez-vous en !

La voix, pourtant étouffée, fit sursauter Yves et Sébastien.

– Monsieur Baud, reprit Yves d'un ton pressant, il est très important que je vous parle. Je suis... j'étais un ami d'Auguste.

Soudain, au-dessus d'eux, une ampoule s'alluma, une ampoule nue au centre d'un réflecteur rouillé.

– Reculez, dit la voix, reculez que je vous voie.

Ils firent deux ou trois pas en arrière, jusqu'au milieu de la rue. Une clé tourna dans la serrure et la porte, retenue par une chaîne, s'entrebâilla.

– Qui est-ce ?

Yves comprit qu'Antoine parlait du jeune garçon et dit, pour faire vite :

– C'est mon neveu. Il habite Paris et il est en vacances à Avoriaz.
– Qu'est-ce que vous voulez savoir ?
– C'est assez long, dit Yves, et il fait froid dehors. Si vous voulez, on peut aller chez moi. Ma voiture est juste à...

La porte se referma violemment et les deux garçons se dirent que leur enquête tournait court. Mais ils entendirent glisser la chaîne et la porte se rouvrit soudain, toute grande. Ils avancèrent et entrèrent dans un couloir carrelé, sombre, au fond duquel luisait une faible lumière. Il faisait un froid glacial dans le couloir et ils se hâtèrent vers la lumière qui provenait d'une petite pièce au seuil de laquelle ils s'arrêtèrent, regardant l'étrange personnage qui les recevait.

Antoine Baud était allé s'asseoir dans un fauteuil, à côté d'un vieux radiateur électrique, qui dispensait une maigre chaleur. Bien que du même âge qu'Auguste, il paraissait vieux, très vieux. Ses cheveux étaient entièrement blancs et son visage sillonné de profondes rides. Il avait posé sur ses genoux une carabine de chasse et l'on sentait, à son regard furtif, à ses mains tremblantes, que cet homme vivait dans la peur, une peur profonde, anormale, inhumaine.
– Fermez la porte, dit-il.

Yves ferma doucement la porte du couloir et dit :

– Monsieur Baud, on ne vous veut aucun mal... Vous pourriez peut-être poser cette arme...

– Ne t'occupe pas de ça. Asseyez-vous !

Ils prirent chacun une chaise, dont la paille s'effilochait et, pendant que Sébastien regardait les trophées pendus aux murs ou posés sur les meubles – une tête de chamois empaillée, un renard tenant un oiseau dans sa gueule, des défenses de sanglier –, Yves se mit à raconter :

– Monsieur Baud, nous étions tout à l'heure avec la maman d'Auguste, chez elle, pour veiller son fils. Et nous avons trouvé, sur le buffet, une ancienne photo, où l'on peut voir quatre personnes, au sommet de Ressachaux je crois, quatre Morzinois : Auguste, Anselme, Albert... et vous. Sur ces quatre personnes, trois sont mortes ces jours-ci, dans des circonstances étranges. Il en reste une, vous ! Pensez-vous qu'il s'agisse d'une coïncidence tragique, ou bien avez-vous une autre explication ?

– Je ne sais pas, répondit Antoine d'une voix inaudible, je ne sais pas, ou alors...

– Monsieur Baud, de quoi avez-vous peur ? ou de qui ?

Antoine releva la tête et dit, dans une sorte d'horrible ricanement :

– De qui ? Mais... mais, de lui... du mort...

Yves et Sébastien se regardèrent. Le jeune garçon frissonna, sans savoir si ce frisson venait du froid ou de l'atmosphère lugubre, du silence total dans lequel résonnaient parfois les craquements du vieux chalet en bois, de la pénombre de la pièce, chichement éclairée par une lampe de chevet à l'abat-jour opaque, ou du regard fixe des animaux empaillés.

– Le mort, Antoine ? Quel mort ? Celui qui a pris la photo ?

– Oui, lui, le mort, le maudit ! Celui qui nous poursuit depuis... depuis ce jour-là...

– Qui était-ce ? Comment s'appelait-il ?

Antoine se rejeta en arrière, appuya son dos contre le fauteuil, ferma les yeux et commença à raconter, comme s'il trouvait enfin le repos après une nuit de veille et de douleur.

XI
Les Terres Maudites

– Il s'appelait Alain, et il s'était installé à Morzine à l'âge de dix ans, avec sa mère. Elle travaillait dans un hôtel : après la guerre, on avait commencé à construire des hôtels, les touristes arrivaient et il fallait du personnel. Au début, à l'école, ça n'a pas été facile pour lui. Il venait d'en bas, il n'avait pas de père, et sa mère travaillait ; on racontait des choses, et puis il ne parlait pas comme nous, il ne connaissait pas le patois et il n'avait même pas un prénom de chez nous. Mais il était costaud, et la bagarre ne lui faisait pas peur. Alors, petit à petit, il est devenu comme nous, il est devenu l'un des nôtres.

Dans la classe des garçons, il y avait un petit groupe de quatre enragés, vous devinez qui, toujours dans les mauvais coups, les derniers à l'école, les premiers à la maraude, ou à embêter les filles. On en a pris des fessées, puis des raclées, par nos parents, et même par le maître, mais ça ne faisait rien, on continuait.

Puis on a grandi, on s'est assagis, parce qu'au fond on n'était pas méchants. On était toujours ensemble. Pas dans la journée, bien sûr, parce qu'on a vite commencé à travailler, l'un avec son père, l'autre comme apprenti, l'autre à la commune. Mais, le soir, après le travail, on se retrouvait dans les cafés, ou pour jouer aux quilles, et, là encore, on était les premiers aux fêtes, aux kermesses, aux bals, aux vogues*. Le père d'Albert, je crois, avait acheté une traction avant, noire bien sûr. Albert avait passé son permis et on s'entassait tous les cinq là-dedans pour aller danser et s'amuser dans les villages de toutes les vallées, et même à Thonon.

Mais notre grand plaisir, quand l'hiver revenait, car l'hiver est la vraie saison des montagnards, c'était le ski, et les randonnées à peaux de phoque. Alain avait un appareil-photo et c'est lui qui a pris la photo que vous avez vue, au sommet de Ressachaux. On était enragés de ski, comme on avait été enragés de sottises, et l'hiver, on travaillait tous les cinq à la station, comme moniteurs, ou aux remontées mécaniques.

Et puis, un jour, on s'est rendu compte qu'on allait être appelés sous les drapeaux, et qu'on allait partir en

* **Vogues** : fêtes foraines.

Algérie*, où on risquait de laisser notre peau. Vous savez, pour nous, à l'époque, l'Algérie, c'était quelque chose qui devait ressembler au désert, tout le contraire de nos montagnes.

Alors, un samedi soir de plein hiver, on est rentrés dans un bar, et on n'en est sortis que quand le patron nous a jetés dehors. On était dans un bel état ! Et c'est là qu'Alain a eu une idée. Ah, quand j'y repense, on aurait mieux fait de le jeter tout de suite dans la Dranse ! On avait passé la soirée à se raconter l'histoire des possédés de Morzine, des histoires de fées, de vouivres, de guérisons miraculeuses, d'envoûtements, et ça nous était un peu monté à la tête. Alain a proposé de faire, le lendemain matin, en partant très tôt, une randonnée aux Terres Maudites.

Moi, ça ne me disait pas trop, mais les autres ont dit « oui », alors j'ai suivi, comme un pauvre idiot. On est rentrés chez nous et, au petit matin, on est montés en voiture le plus haut qu'on a pu, par la vallée de la Manche, et puis on a mis les peaux de phoque aux skis, chaussé les skis, et on est partis. Il promettait de faire une belle journée, le ciel n'avait pas un nuage et il ne faisait pas trop froid. On était jeunes, bien entraînés, on avait fait ça toute notre vie, on se poussait les uns les autres. Chacun aurait préféré mourir que de rester à la traîne. Et pourtant !

* **Algérie** : pays d'Afrique du Nord, ancienne colonie française, devenu indépendant après la guerre d'Algérie (1954-1962).

Et pourtant les Terres Maudites portent bien leur nom ! Il n'y a rien de pire ! C'est une longue crête formée d'une série de bosses. Quand on est arrivé au sommet de la première, on redescend un peu et ça recommence à monter. On n'en voit jamais la fin ! En haut de chaque bosse, on croit qu'on en a terminé, mais non, ça recommence. Et encore une, et encore une... Et le sommet qui est toujours aussi loin, comme si on n'avait pas avancé d'un mètre...

En plus, on avait trop bu la veille, on était fatigués et on n'avait guère pensé à manger avant de partir. En fin de matinée, j'ai dit aux autres qu'il serait plus sage de revenir. Mais autant parler à des mules. Le plus enragé, c'était Alain, je ne sais trop pourquoi. Il s'est moqué de moi et je me suis tu. Pourtant, on voyait tous que le temps avait changé, et qu'il changeait même très vite.

Je ne sais pas ce qu'a été la tempête de ces jours-ci à Avoriaz mais, ce que je peux dire, c'est que je n'avais jamais vu, et que je n'ai jamais revu, une tempête comme celle de ce jour-là. D'abord le vent, un vent à vous couper en deux, à vous jeter par terre, puis le froid, et enfin la neige, des flocons gros comme ça, serrés, collants. On a enfin compris qu'il ne fallait pas insister et qu'on aurait beaucoup de chance si on revenait tous. On a fait demi-tour et on est retournés sur nos pas. Mais on n'y voyait plus rien, et la neige et le vent avaient effacé les traces de nos skis. On avançait, pliés en deux, le cœur broyé par la peur, car on était sur une crête et, si on s'écartait, on risquait de se retrouver en bas. On n'allait plus très souvent à l'église mais là, je peux vous le dire, on priait tous.

Soudain, il s'est produit quelque chose... quelque chose que je n'oublierai jamais. On a entendu un cri, celui d'un enfant perdu dans la nuit, un hurlement, une plainte, je ne sais comment appeler ça. Ça ne venait pas de la terre, mais du ciel, ou plus sûrement de l'enfer. Alors on est

devenus comme fous, on a oublié la tempête, la fatigue, la faim, la douleur des crampes, et on a avancé comme si tous les démons étaient à nos trousses. Et, comme on allait trop vite, il est arrivé ce qui devait arriver. Alain fermait la marche, bien sûr, puisqu'il était en tête à la montée. J'ai senti qu'on me prenait le bras, et tout mon corps s'est couvert d'une sueur d'agonie, mais ce n'était qu'Albert, qui voulait me dire qu'Alain n'était plus derrière nous. J'ai appelé les autres et on s'est arrêtés, en sachant que chaque seconde qui passait nous rapprochait de la fin.

On se demandait ce qu'il fallait faire, quand, pour la seconde fois, on a entendu ce cri, ce hurlement, mais plus proche, beaucoup plus proche... Alors notre peur, nous qui avions la tête remplie de tous nos récits de la nuit précédente, notre peur est devenue terreur. Nous n'étions plus des hommes, ou plutôt nous étions vraiment des hommes, peureux, lâches, infâmes...

Oui, on s'est sauvés, on a abandonné notre copain, notre ami et on est retournés, je ne sais trop comment, à la voiture. Peut-être que la montagne avait eu assez d'une victime ! Voilà, voilà ce qui s'est passé le jour de cette tempête de neige... Oh, bien sûr, si on l'avait cherché, on y serait sans doute restés tous les cinq, car on n'avait aucune chance de le retrouver, s'il avait glissé sur l'un des versants ; bien sûr, c'est lui qui nous avait poussés à venir, à continuer... Mais, ce qui est sûr aussi, c'est qu'après ça, on est rentrés à la maison, sans rien dire à personne, même pas à sa mère quand elle est venue chez nous, la pauvre femme, pour le chercher, et qu'on ne s'est plus beaucoup revus, car on ne pouvait plus se regarder dans les yeux.

– Personne n'a jamais rien su ?

– Personne ne savait où nous étions partis, personne ne savait que nous étions ensemble... C'était comme ça... C'était la montagne qui l'avait pris, voilà.

Il y eut un silence, un long silence.

– Et... demanda Yves au bout d'un moment, après avoir regardé sa montre... Et on l'a... retrouvé ?

– Oui, on a retrouvé le corps, au printemps, à moitié dévoré par les bêtes... Les médecins ont dit qu'il était mort de froid, qu'il n'y avait aucune trace de blessures, ou de fractures.

– Et le cri, vous y avez pensé ensuite, vous avez cherché une explication ?

Antoine haussa les épaules.

– La première fois, c'était peut-être le vent, il se passe de si drôles de choses en montagne. Et la deuxième fois, c'était peut-être lui qui appelait au secours, comment savoir ? Mais je sais, moi, que ce n'était ni le vent, ni Alain !

– Et sa mère, qu'est-elle devenue ?

– Sa mère... ?

Antoine mit la tête dans ses mains, comme s'il se cachait.

– Sa mère est restée encore quelques mois à Morzine et, après qu'on a retrouvé le corps, elle est retournée en bas, à Thonon, mais je crois qu'elle n'avait plus toute sa tête.

– Elle est sans doute morte, depuis tout ce temps ?

– Ça, je ne sais pas. Pourquoi ?

– Pour rien, pour savoir...

– Si tu veux vraiment savoir, dit Antoine avec un rictus*, il y a quelqu'un qui pourrait te le dire. Tu dois la connaître, c'était sa patronne, quand elle travaillait à l'hôtel Le Tyrolia : Jeanne des Nants. Elles étaient du même âge et un peu amies. Jeanne est allée la voir plusieurs fois lorsqu'elle est retournée à Thonon.

– En effet, je la connais un peu, dit Yves, on a de la parenté.

Antoine avait fermé les yeux et s'était renfoncé dans son fauteuil.

– Et maintenant, dit-il doucement, j'aimerais rester seul...

* **Rictus** : sourire grimaçant.

XII
En bas

Quelques jours plus tard, Yves garait son 4 × 4 Toyota rue des Trolliettes, sur les hauts d'Évian.

– C'est magnifique, dit Sébastien en regardant le vaste panorama qui s'étendait devant eux.

La veille, Yves avait rendu visite à Jeanne des Nants. Elle lui avait appris ce qu'il voulait savoir : la mère d'Alain était encore en vie, et occupait une chambre dans une maison de retraite, à Évian, dont elle lui avait donné l'adresse. Et ils contemplaient maintenant tous deux Évian-les-Bains, avec ses maisons qui cascadaient jusqu'au lac Léman, immense sous le soleil revenu, piqueté des voiles blanches de quelques bateaux ; au fond, on distinguait la rive suisse, et la tache blanche de Lausanne.

– C'est magnifique, mais on a autre chose à faire.

– Bien chef, dit Sébastien.

Ils traversèrent la rue et entrèrent dans le jardin de la maison de retraite, vaste demeure du début du siècle, ombragée par de grands arbres. Arrivé devant la porte vitrée à mi-hauteur, Yves appuya sur la sonnette et ils attendirent. Au bout de quelques minutes, une dame un peu forte, vêtue d'une blouse blanche, vint ouvrir en soupirant.

– Bonjour madame, dit Yves, nous venons voir madame Demongeot. Je suis un de ses neveux.

La dame ouvrit la porte en grand et les laissa entrer.

– C'est une gentille idée, dit-elle. Cela fait quelques jours que son fils n'est pas venu.

Sébastien se retourna d'un bloc mais il sentit la main du moniteur se poser fermement sur son épaule.

– Avec toute cette neige, dit lentement Yves, c'est un peu normal. C'est d'ailleurs lui qui nous a demandé de passer.

– Bien sûr, bien sûr, dit la dame en pensant à autre chose. Excusez-moi, on m'attend pour des soins.

– Au fait, dit Yves, mon... euh... mon cousin a oublié de nous donner le numéro de la chambre.

– Chambre 22, deuxième étage !

Ils gravirent un grand escalier et, dès qu'ils furent au palier du demi-étage, Sébastien, n'y tenant plus, agrippa Yves par le bras :

– Tu as entendu ce qu'elle a dit ! Son fils ! Mais il est mort son fils !
– Je sais, ça paraît bizarre. Mais pourquoi n'aurait-elle eu qu'un fils ?
– Oui, c'est vrai, concéda Sébastien. Pourtant personne n'en a jamais parlé, non ?

Yves haussa les épaules.
– Le mieux, c'est de le lui demander, si elle comprend ce qu'on lui demande !

– Bonjour, madame, dit Yves.

La vieille dame leva les yeux, des yeux très clairs, un peu voilés par l'âge, vers le jeune moniteur et lui sourit.

Elle était assise dans un fauteuil, près de la fenêtre où elle devait passer ses journées à regarder le lac. La chambre était petite, surchauffée, meublée d'un lit à une place recouvert d'un couvre-lit molletonné rose, d'une commode, d'un fauteuil et d'une chaise.

Tiens, à propos, sais-tu pourquoi on appelle ce meuble une « commode » ? Non ? Eh bien, parce que ça l'est ! Mais non, pas « salé » ! T'as encore tout compris, je vois ! Ça s'appelle une « commode » parce que ça l'est, commode ! Une commode, c'est commode ! Très bien, pour la peine, tu vas répondre à la question suivante.

1 Retrouve cinq éléments de mobilier pour compléter ces phrases.
***a*) Depuis des millénaires, la rivière a creusé son ....**
***b*) À midi, tous les employés du ...... sortaient pour déjeuner.**
***c*) Dans ce musée, on peut voir une ancienne ...... à porteurs.**
***d*) J'ai mis le tube dans l'...... à pharmacie.**
***e*) Il ne connaît même pas ses ...... de multiplication !**

Yves, qui ne savait trop ce qu'il venait chercher là, se demandait ce qu'il pouvait bien raconter à la vieille dame, et surtout à son fils s'il surgissait inopinément. La vérité ? Pourquoi pas ?

– Vous êtes bien, ici, commença le jeune homme. Vous avez une belle vue.

– Oui, très belle, acquiesça la vieille dame, toujours souriante.

– Vous préféreriez peut-être voir des montagnes, comme à Morzine ?

– Je ne sais pas, je ne suis jamais allée à Morzine. Mais mes amies en parlent souvent.

Yves fixa Sébastien pour le prendre à témoin, mais celui-ci regardait autre chose. Sur le lit, comme sur un lit de petite fille, se trouvaient deux poupons, deux poupons anciens en celluloïd rose, identiques, aux yeux bleus scintillants, à la bouche rouge, portant des barboteuses bleues et des chaussons tricotés, si semblables dans leur attitude que l'on éprouvait un malaise à les regarder. Le jeune garçon détourna les yeux et s'approcha d'une petite étagère sur laquelle étaient rangés plusieurs petits cadres contenant des photos. Pendant que le moniteur discutait avec madame Demongeot, il examina les photos, l'une après l'autre.

Soudain, il sursauta. L'une des photos, en noir et blanc, montrait un homme debout devant la porte d'une maison, très grand – il touchait presque le linteau –, tenant par la main deux enfants d'une dizaine d'années, vêtus de la même façon, au même visage dur : des jumeaux. Mais le plus effrayant était qu'à la place du visage de l'homme, on avait collé une tête de mort découpée dans un journal, ou dans un livre.

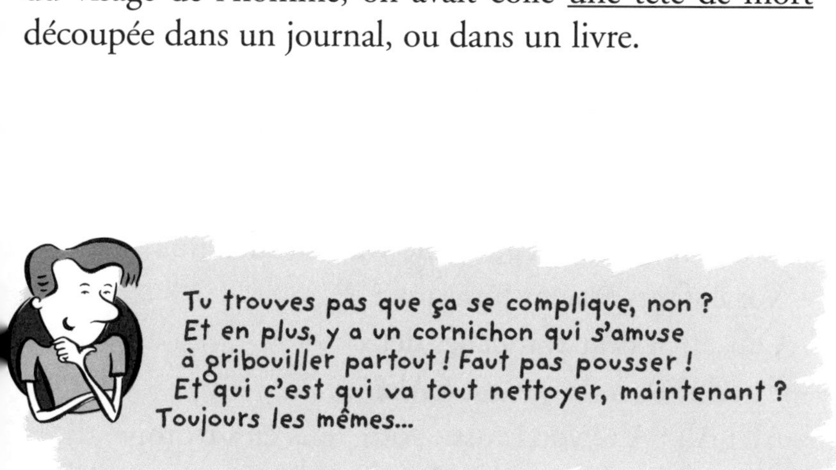

❷ Indique la fonction des mots ou des groupes de mots soulignés dans les paragraphes précédents.
***a*) Sébastien : ....**
***b*) autre chose : ....**
***c*) un malaise : ....**
***d*) plusieurs petits cadres : ....**
***e*) deux enfants : ....**
***f*) une tête de mort : ....**

Sébastien avança la main et prit le cadre, puis il s'approcha de la vieille dame et, profitant d'un moment de silence, il tendit le bras pour lui montrer la photo, tout en regardant Yves avec insistance :
– Ce sont vos enfants, madame ?

La vieille dame, sans même regarder, répondit :
– Oui mon petit, ils sont mignons, n'est-ce pas, et si gentils !
– Et... et le monsieur au milieu ?
– Je ne sais pas, dit-elle d'une voix indifférente.
– Vos enfants étaient jumeaux ?
– Oui. Et si beaux, tous les deux.
– Et celui-là, à droite, c'est Alain.
– Ah ! Ah ! Ah ! vous aussi, vous vous êtes trompé, dit la vieille femme en éclatant d'un rire d'enfant, non, Alain,

c'est l'autre... Celui-là, c'est Albain ! Il n'y a que moi qui pouvais les reconnaître !
– Je comprends, dit Sébastien. Et... lequel vient vous voir ?
– Lequel ? Mais tous les deux ! Une fois l'un, une fois l'autre ! Ils ne peuvent pas venir ensemble parce qu'ils travaillent loin, mais ils viennent tous les deux. Ah ! Ce sont de si bons garçons...
– Bien sûr, bien sûr, assura Sébastien pensivement.

Il tendit la photo à Yves et s'approcha de la fenêtre. Des tas d'idées, de pensées confuses s'agitaient dans sa tête.

Les yeux dans le vague, il observa une haute silhouette qui remontait à grands pas l'allée traversant le jardin.

L'homme leva la tête et regarda vers la fenêtre. Sébastien frissonna et se rejeta en arrière. Il venait de reconnaître l'inconnu qui l'avait bousculé, le long du téléski d'Arare, juste avant la tempête, mais aussi, malgré les années, l'un des deux enfants de la photo.

XII
La cascade d'Ardent

Sébastien se tourna, regarda Yves droit dans les yeux et dit :
– Il faut partir.

Yves comprit et se leva aussitôt :
– Au revoir, madame, nous reviendrons vous voir.

Ils se précipitèrent vers l'escalier. Se penchant au-dessus de la rambarde, ils virent que l'homme était déjà au palier du premier étage.
– Il vaut mieux qu'il ne nous aperçoive pas, dit Yves doucement. Viens !

Il tira Sébastien par le bras et l'emmena vers la porte la plus proche. Il frappa et, sans attendre la réponse, entra, entraînant toujours Sébastien. Une vieille femme, encore plus âgée que madame Demongeot, faisait une petite sieste sur son fauteuil, telle la Mamette des *Lettres de mon moulin*.

Ça y est, ça recommence ! Moi aussi je sais faire ça ! « Théo faisait une sieste, comme la baleine dans *Moby Dick* ». Ceci dit, *Les Lettres de mon moulin*, c'est pas ce qu'il y a de pire comme bouquin ! Tu le connais toi ?

❶ Qui a écrit *Les Lettres de mon moulin* ?

Alphonse Daudet ❒
Théophile Gautier ❒
Alexandre Dumas ❒
Guy de Maupassant ❒

❷ Quels récits trouve-t-on dans ces *Lettres* ? Barre les trois intrus.

La Chèvre de monsieur Seguin
Boule-de-Suif
Le Crabe aux pinces d'or
Le Pied de momie
L'Arlésienne
Le Secret de maître Cornille

Ils attendirent quelques instants puis ressortirent, sans que la vieille dame se soit réveillée. Le couloir du deuxième étage était vide...
– Viens, dit Yves, on l'attendra dans la voiture.

Ils n'attendirent pas très longtemps. Quelques minutes plus tard, ils virent l'homme ressortir de la maison de retraite et se diriger vers un Range-Rover vert garé un peu plus loin.
– Qu'est-ce qu'on fait ? demanda Sébastien.
– On le suit.

– Jusqu'où ?

Yves haussa les épaules.

– Jusqu'en enfer s'il le faut !

Lorsque le Range eut pris un peu d'avance, Yves démarra et le suivit à distance. Ils descendirent des hauts d'Évian, prirent la route de Thonon qui longe le lac et, arrivés à Thonon, bifurquèrent vers Morzine. Il était quatre heures de l'après-midi et la circulation était dense, mais Yves suivait facilement le Range, laissant cinq ou six voitures entre les deux véhicules.

Ils sortirent de Thonon et, après quelques virages, abordèrent une longue ligne droite. Yves poussa un soupir et se détendit un peu. Soudain, ils virent le Range déboîter et doubler plusieurs voitures au moment où une longue file arrivait en face. Le conducteur de la première voiture, surpris, freina brutalement en voyant le gros 4 × 4 foncer sur lui, avant de se rabattre au dernier moment.

Yves était coincé : les deux files se croisèrent pendant plusieurs minutes et, quand la route fut dégagée, elle se mit à tourner, enchaînant virage sur virage. Impossible de doubler !

– Il nous a vus, cria Yves, sinon il n'aurait jamais fait ça ! Accroche-toi ! Il ne sait pas à qui il a affaire !

Il alluma les feux de route, enclencha les feux de détresse et commença lui aussi à doubler, klaxon bloqué. Heureusement, il connaissait la route par cœur et les voitures, voyant dans leur rétroviseur le 4 × 4 tous feux allumés et clignotants, se garaient rapidement. Sébastien, aussi excité que terrorisé, regardait à sa droite les rochers pointus et les flots bouillonnants de la Dranse, et le parapet qu'ils frôlaient à chaque seconde, quand il y avait un parapet !

Dans la montée du Jotty, ce fut encore pire ; à chaque sortie de virage, Sébastien s'attendait à percuter l'arrière d'une voiture ou d'un car. Enfin, après le Jotty, et les gorges du Pont du Diable, ils débouchèrent sur la longue ligne droite de la Vignette. Sébastien, qui avait de bons yeux, reconnut, tout au bout, le Range qui filait et dont les feux arrières disparurent subitement.

– Il a encore trop d'avance, dit Yves, on va le perdre dans Morzine, s'il ne s'arrête pas avant !

Quelques minutes plus tard, ils traversaient Saint Jean d'Aulps, ralentis par de nombreuses voitures. D'autres virages puis la ligne droite du Vernay-Bron, juste avant Morzine. Une fois de plus, au bout de la ligne droite, ils virent les feux du Range-Rover.

– Il est toujours là, dit Sébastien.
– Et ce qui est sûr, maintenant, dit Yves entre ses dents, c'est qu'il a quelque chose à se reprocher !

Ils arrivèrent enfin au pied de Morzine, à l'endroit appelé le Pont de Fer, où la route bifurque : d'un côté Morzine, de l'autre Montriond. Le Range avait disparu...
– Qu'est-ce qu'on fait ? demanda Yves, arrêté au milieu de la route tandis que, derrière, deux ou trois voitures klaxonnaient.
– Par là, dit Sébastien, montrant la route de Montriond.

Yves sourit.
– Tu as de la chance. C'est par là que je voulais aller !

Yves s'engagea lentement sur la route de Montriond, regardant de chaque côté, au cas où le Range se serait garé. Ils traversèrent le village, puis empruntèrent la route qui monte vers Avoriaz, et qui avait été ouverte en attendant que la route de Morzine à Avoriaz soit dégagée. Une longue file de voitures attendait devant un feu rouge provisoire, gardé par deux gendarmes, car on ne pouvait rouler que sur une voie sur cette route étroite, qui passe par le hameau des Lindarets.
– Regarde, il est là ! hurla Sébastien.

Au même instant, comme s'il l'avait entendu, le conducteur du Range-Rover déboîta et doubla la file de voitures, brûlant le feu rouge et frôlant les deux gendarmes, qui sautèrent en arrière. Yves l'imita et doubla à son tour, sous les yeux éberlués des deux gendarmes, dont l'un criait déjà dans sa radio.

– Si j'ai encore mon permis demain, dit Yves, j'aurai de la chance !

La poursuite recommença. Mais, cette fois, la voie était libre et les deux véhicules n'étaient plus séparés que par quelques dizaines de mètres. Le Toyota, moins puissant que le Range, perdait du terrain dans les courtes lignes droites mais rattrapait son retard dans les virages. Ils arrivèrent sur les bords du lac de Montriond, longue plaine neigeuse immaculée, et, en longeant le lac, le Range reprit un peu d'avance.

Puis ce furent à nouveau des virages, encore plus serrés maintenant que la pente s'accentuait. Les deux 4 × 4 projetaient des gerbes de neige fondue et, moteur grondant, sautaient de virage en virage, entre les rangées d'épicéas immobiles et figés sous leur manteau de neige.

Ils arrivaient à la cascade d'Ardent. Tout à coup, ils virent le Range freiner en catastrophe, roues bloquées, et comprirent bientôt pourquoi. Le convoi descendant arrivait, longue file de dizaines de voitures précédée d'un fourgon bleu de la gendarmerie. Seul le milieu de la route, déjà fort étroite, avait été dégagé et il était impossible de se croiser.

Le Range était coincé !

Il s'arrêta sur le bas-côté et une haute silhouette noire sauta sur la chaussée puis s'enfonça sous les arbres qui bordaient la route. Le fourgon de gendarmerie se rangea près du 4 × 4 et deux gendarmes en descendirent. Yves s'arrêta à côté d'eux. Il reconnut le premier : c'était celui qu'il avait vu quand Auguste était tombé de la falaise. Le gendarme, qui avait été prévenu par radio, l'apostropha :

– C'est vous qui êtes passés au feu rouge ?

– Oui, reconnut Yves. On poursuivait le gars, celui qui est descendu du Range-Rover. On a de bonnes raisons de penser que c'est lui qui a tué Auguste, et peut-être les autres.

– Bon, on va voir ça. On s'occupera de vous ensuite !

Il fit signe à son collègue de garer le fourgon et de laisser passer les voitures, puis, accompagné du moniteur, il s'enfonça à son tour sous les arbres. Sébastien attendit quelques secondes, et, comme personne ne lui avait dit quoi que ce soit, il les suivit à quelque distance.

Il se demanda bientôt s'il n'aurait pas mieux fait de rester sur la route. Bien que les trois hommes qui l'avaient précédé, le fugitif et ses deux poursuivants, aient tracé la route, il s'enfonçait dans une épaisse couche de neige qui lui arrivait à la ceinture. Il n'avait pas de combinaison de ski, et son pantalon, ses chaussettes furent bientôt trempés. De temps à autre, il trébuchait et tombait les mains en avant dans la neige molle. Autour de lui régnaient la demi-obscurité du sous-bois et le silence, ce silence étrange de la neige, qui absorbe et atténue tous les bruits.

Pourtant, à mesure qu'il avançait, un bruit sourd lui parvenait, de plus en plus fort : c'était la cascade d'Ardent, grossie par la fonte des neiges de ces derniers jours...

Il déboucha enfin sur le petit chemin qui menait à la cascade. Le bruit se fit assourdissant. Sébastien s'arrêta, hors d'haleine ; la marche dans la neige avait été épuisante !

Il crut soudain entendre, malgré le vacarme de la chute d'eau, des cris puis une détonation, et une seconde. Cela lui redonna des forces et il reprit sa marche, parvenant presque à courir. Il rejoignit bientôt les deux hommes, postés chacun derrière un arbre. Le gendarme tenait à la main son arme de service. Yves se retourna.

– Qu'est-ce que tu fais là ? cria-t-il. Va-t-en ! Va-t-en !

Sébastien recula d'un pas et se cacha à son tour derrière un arbre, allongé sur une épaisse couche de mousse et d'aiguilles odorantes. Il voyait, non loin, les flots bouillonnants et grondants de la cascade se précipiter dans la chute et, en contrebas, les bords escarpés qui tombaient droit dans l'à-pic.

L'homme avait essayé de traverser le petit pont qui enjambe la cascade mais, à cet endroit, la couche de neige

était trop haute et, renonçant à franchir le pont, il était descendu pour longer la berge. C'est à ce moment-là qu'Yves l'avait aperçu et le gendarme, après les sommations d'usage, avait tiré deux fois en l'air.

Le fugitif, abrité derrière un arbre, ne bougeait plus.

– Sortez de là, cria le gendarme, et montez vers nous.

Ils perçurent un mouvement, et la haute silhouette noire se détacha du tronc. L'homme semblait courir vers le précipice ! Arrivé au bord, il sauta vers l'autre berge, mains tendues en avant, et l'on put penser qu'il réussirait... Il s'aplatit contre le rocher et, saisissant une racine, tenta de se hisser sur le replat. Brusquement, la racine cassa. Il essaya alors d'agripper la roche mais celle-ci était lisse, mouillée... Il la griffa dans un dernier et vain effort, puis disparut dans le gouffre.

Les trois spectateurs du drame s'avancèrent vers le bord, le plus près possible, mais ils ne virent, plus bas, que le bouillonnement du flot puissant et rapide, masse liquide emportée vers le lac à une vitesse vertigineuse.

Ouh là là ! Que d'aventures ! Que d'émotions ! J'ai la rate qui se dilate, j'ai le foie qu'est pas droit, j'ai le cœur qui bat le beurre, j'ai l'cerveau en morceaux, j'ai l'gosier tout coincé... J'aurais pu dire aussi : j'ai le fond de la gorge tout coincé, il est tout coincé... Car tu sais sans doute que, pour désigner les personnages ou les choses, on peut employer des noms propres, des groupes nominaux, des pronoms, des périphrases. Alors, à toi de jouer.

3 Dans les phrases suivantes, précise si le mot ou le groupe de mots en italique est un pronom ou un groupe nominal. Indique ensuite quel(s) personnage(s) il désigne.

a) *Le fugitif et ses deux poursuivants* avaient laissé les traces de leur passage dans la neige.

b) *Il* s'enfonçait dans une épaisse couche de neige.

c) Cela *lui* redonna des forces.

d) *Les deux hommes* s'étaient cachés derrière des arbres.

e) *L'homme* avait essayé de franchir le petit pont.

f) *Les trois spectateurs* du drame s'approchèrent du gouffre.

g) *Il* avait renoncé à franchir le pont.

Épilogue

Les vacances se terminaient. Sébastien et sa famille devaient partir le lendemain matin et son père les avait invités à dîner, en compagnie de Yves, au restaurant *La Chamade*, à Morzine, car la route d'Avoriaz à Morzine était enfin dégagée.

Gavés de fondue, de raclette ou de cochon de lait rôti, ils firent une pause avant d'attaquer les desserts.

– Alors, demanda le père de Sébastien en se tournant vers Yves, est-ce qu'il a fait des progrès ?

– En ski, pas beaucoup ! répondit le jeune moniteur, on n'a pas eu le temps. Mais pour le reste, heureusement qu'il était là ! C'est grâce à lui que nous avons percé ce mystère. S'il n'avait pas trouvé la photo chez Auguste, s'il n'avait pas compris, ou deviné, ce qui s'était passé, on n'aurait jamais rien su.

– Tout est donc éclairci ? demanda la maman de Sébastien.

– On ne connaît pas encore les détails de l'affaire, mais j'ai vu l'adjudant de gendarmerie, tout à l'heure, et on a pu reconstituer les faits, dans les grandes lignes, grâce notamment aux papiers trouvés dans le Range-Rover abandonné.

Mme Demongeot avait eu deux enfants, des jumeaux, d'un certain Simon Rosset, qui avait quitté Morzine lorsqu'il était enfant. Ils n'étaient pas mariés et s'étaient séparés au bout de quelques années. Alain était resté avec sa mère et Albain avec son père, qui l'avait légalement reconnu. Mme Demongeot était venue s'installer dans le village natal de son compagnon, dont il lui avait sans doute souvent parlé. Elle n'évoqua jamais ses liens avec Simon Rosset, ni son autre enfant. Les années passèrent et il se produisit ce que Sébastien a dû vous raconter, la disparition d'Alain. Comment Albain a-t-il appris ce qui s'était passé, cela, nous ne le saurons jamais : un des amis avait-il trop parlé ? Albain l'avait-il compris en vertu de ces mystérieuses relations qui unissent les vrais jumeaux ? Mystère. Ce qui est sûr, c'est qu'un jour, Albain a décidé de venger son frère. Il a acheté un petit studio à Avoriaz et attendu une autre épouvantable tempête de neige, comme une sorte d'anniversaire. Puis, l'un après l'autre, il a supprimé ceux qu'il accusait d'être responsables de la mort de son frère.

Auguste a été le premier. Albain a fait tomber le filet de protection, puis il a effrayé Auguste, qui a vu resurgir devant lui le fantôme de celui qu'il croyait disparu depuis longtemps et, terrifié, a basculé dans le vide. Pour Albert, on sait à peu près comment cela s'est passé. Albain a creusé un trou dans la neige, à l'endroit où Albert passait le plus souvent en rentrant chez lui, puis, à l'aide de petites charges explosives télécommandées, il a fait tomber toute la neige du toit sur le malheureux. Quant à Anselme, qui, il le savait peut-être, avait le cœur fragile, il a dû l'attirer là où on l'a trouvé, et l'a tellement terrorisé que le pauvre a succombé à une crise cardiaque.

Mais ce n'est pas tout. Albain a travaillé pendant longtemps comme pisteur dans une station de Savoie ; là, il a appris à déclencher artificiellement les avalanches, et c'est sans doute lui qui a provoqué celle qui a coupé la route de Morzine. Quant à la benne, on sait maintenant que le câble a été sectionné, et il est vraisemblablement responsable de ce sabotage. Il voulait que la station soit totalement isolée, pour pouvoir commettre ses forfaits. Et, pour parfaire sa mise en scène, il a envoûté, on ne sait trop comment, le pauvre diable qui collait les affiches.

Il y eut un moment de silence, puis les desserts arrivèrent.

– N'empêche, dit Sébastien, il y a encore beaucoup de choses étranges là-dedans.

La tablée se mit à rire car on connaissait son goût pour l'étrange.

– Vous pouvez rire, mais que s'est-il vraiment passé la nuit où Alain a disparu ? Comment son frère l'a-t-il appris, qui le lui a dit ? Pourquoi n'a-t-on pas encore retrouvé le corps d'Albain ? Et il y a plus étrange encore...

– Ah... !

Les autres le regardèrent, les uns avec un sourire moqueur, ou attendri, les autres avec une attention plus ou moins inquiète.

– Oui. Yves, tu as bien dit que le père d'Alain et d'Albain s'appelait Simon Rosset ?

– Oui, c'est cela.

– Eh bien, dans une lettre anonyme envoyée à l'évêché à l'époque des possédés, et dont le père Marullaz m'a fait lire la photocopie, on raconte que deux enfants, des jumeaux, après une crise de possession, avaient disparu dans la montagne et n'avaient jamais été retrouvés. Et savez-vous comment ils s'appelaient ?

Personne ne répondit, car ils redoutaient ce qu'ils allaient entendre.
– Alain et Albain Rosset.

LA FORMATION DES MOTS

1 Il existe des mots simples (*roc, montagne, ravin*) et d'autres mots « construits », soit par dérivation, soit par composition.

• La formation par dérivation

Dans la formation par dérivation, on rajoute à une base appelée radical, un préfixe (avant le mot) ou un suffixe (après le mot).

– Préfixes

*Exemple : neiger → **dé**neiger.*

Le verbe *déneiger* est formé sur le verbe « neiger » (la base, le radical) auquel on a ajouté le préfixe « dé » qui signifie : « enlever ».

– Suffixes

*Exemple : ski → ski**eur**, ski**euse**.*

Dans ce cas, on a rajouté à la base « ski » le suffixe « eur » ou « euse », dont le sens est « qui pratique… », comme dans *surfeur, patineur, slalomeur…*

• La formation par composition

Des mots peuvent être construits en réunissant plusieurs mots simples ou dérivés.

Exemple : « chasse-neige ».

Ce mot est composé à partir de deux autres mots, le verbe « chasse » et le nom « neige », reliés par un trait d'union.

Il existe d'autres procédés de composition : *pomme de terre, télésiège…*

La formation par composition permet aussi de former des mots savants, à partir d'éléments empruntés au grec ou au latin. Ainsi, *téléférique* ou *téléphérique*, est formé à partir de deux éléments grecs : « télé » (au loin) et « phérique » (qui porte).

Les adverbes en *-ment*

2 • **La formation des adverbes en *-ment***

– Les adverbes en *-ment* sont le plus souvent formés à partir de l'adjectif au féminin.
*Exemple : grande → grande-**ment** → grandement.*

– Les adverbes formés sur des adjectifs qui ne se terminent pas par le son « e » au féminin (aisée, hardie, assidue) sont formés sur le masculin.
*Exemples : ais**é** → aisément ;*
*hard**i** → hardiment ;*
assid**u** → assidûment.
*Exception : gai → gaie-**ment** → gaiement.*

• **L'orthographe des adverbes en *-amment, -emment* ou *-ement***

– Ces adverbes s'écrivent avec deux « m » quand on entend « aman ». Un seul dans les autres cas.
Évidemment, couramment s'écrivent avec deux « m » car on entend « aman » dans les deux mots.
Petitement, légèrement s'écrivent avec un seul « m » car je n'entends pas « aman ».

– Faut-il écrire « e » ou « a » pour les adverbes qui s'écrivent avec deux « m » ?
Pour le savoir, il faut retrouver le mot source.
Exemples :
évidemment vient de *évident*, donc *évidemment* ;
couramment vient de *courant*, donc *couramment*.

Les expansions du nom

3 Il existe trois types d'expansions du nom.

• **L'adjectif épithète**
*Exemple : Les **noirs** sapins dressaient leurs **fières** silhouettes au-dessus de l'abîme **grondant**.*

• **Le complément de détermination, ou complément du nom**
*Exemple : Le manteau **de neige** recouvrait les villages **de la vallée**.*

• La proposition subordonnée relative, ou complément de l'antécédent
*Exemple : Les skieurs **qui redescendaient** racontaient des histoires **que personne ne croyait**.*

APPOSITION, ÉPITHÈTE, ATTRIBUT

4

• L'apposition
L'apposition est un type de construction. Il y a apposition quand un nom, un groupe nominal, ou un adjectif, est séparé du nom qu'il accompagne par une virgule.
*Exemples : Sébastien, **découragé**, descendit vers la station.*
*Auguste, **vieux moniteur**, ne s'effrayait pas pour si peu.*

• L'épithète
Un adjectif, ou un nom, est épithète lorsqu'il est lié au nom qu'il accompagne. Il peut se placer avant ou après le nom.
*Exemples : Les **noirs** sapins dressaient leurs **fières** silhouettes au-dessus de l'abîme **grondant**.*
*Le mont **Chéry** domine la station des Gets.*

• L'attribut
L'attribut est relié au nom qu'il accompagne par un verbe attributif, le plus souvent un verbe d'état comme *être*, *paraître*, *sembler*, *devenir*, *avoir l'air*...
*Exemple : Il est **sûr** de lui.*
Mais d'autres verbes peuvent être des verbes attributifs :
*Exemple : Il marchait **heureux** et **décidé**.*

L'attribut peut être un nom, un groupe nominal, un adjectif, une subordonnée conjonctive...
Exemples :
Groupe nominal → *Yves est **un jeune moniteur**.*
Adjectif → *Auguste était **effrayé**.*
Subordonnée conjonctive → *L'important était **que le beau temps revienne**.*

• Les connecteurs

5 Comme leur nom l'indique, les connecteurs servent à relier des éléments de la phrase ou à relier des phrases. Il existe deux types de connecteurs.

• Les connecteurs logiques
Les connecteurs logiques peuvent être des conjonctions de coordination ou des adverbes.

– Les conjonctions de coordination
Chaque conjonction a une valeur différente.

Mais, *or* indiquent une opposition.
*Exemple : Il voulait fuir, **mais (or)** il ne le pouvait pas.*

Ou indique un choix.
*Exemple : Il pouvait monter vers le haut de la station par la piste **ou** par l'ascenseur.*

Et, *ni* (dans les phrases négatives) indiquent une addition.
*Exemples : Il fallait subir le froid **et** la neige.*
*On ne pouvait **ni** monter, **ni** descendre.*

Donc indique une conséquence.
*Exemple : Tout était bloqué, **donc** personne ne pouvait plus descendre à Morzine.*

Car indique une cause.
*Exemple : Personne ne pouvait skier **car** toutes les pistes étaient fermées.*

– Les adverbes
Certains adverbes ou locutions adverbiales peuvent également être des connecteurs logiques : *en effet, ensuite, ainsi, par conséquent, enfin, cependant, néanmoins…*
*Exemple : Tout était bloqué. **Cependant**, quelques personnes voulaient à tout prix redescendre.*

• **Les connecteurs temporels**
Il s'agit le plus souvent d'adverbes ou de locutions adverbiales : *d'abord, soudain, tout à coup, alors, puis, ensuite, après, enfin...* qui relient des mots ou des propositions et situent deux moments de l'action l'un par rapport à l'autre.

Les types de phrases

6 Il existe quatre types de phrases.

• **La phrase déclarative**
Exemple : Les vacanciers s'enfermaient dans leurs appartements.

• **La phrase interrogative**
Exemple : Seront-ils sauvés ?

• **La phrase impérative**
Exemple : Courez !

• **La phrase exclamative**
Exemple : Quelle catastrophe !

Chacun de ces types de phrases se caractérise, à l'oral, par une intonation particulière et, à l'écrit, par un signe de ponctuation particulier : point, point d'interrogation, point d'exclamation.

Les types de textes

7 Un texte, quel qu'il soit, a toujours un objectif, un but. Il vise à expliquer, à convaincre, à décrire... À ces différents buts correspondent différents types de textes.

• **Le texte narratif**
Il vise à distraire, à émouvoir, à amuser le lecteur.
On le rencontre le plus souvent dans les romans, les contes, les nouvelles...

• **Le texte descriptif**
Il vise à décrire un personnage, un paysage. Dans la description d'un personnage, on parlera de « portrait ». Le portrait permet au lecteur de se représenter le personnage. Il suit généralement un certain ordre, par exemple la silhouette, les vêtements, le visage… La description du visage privilégie souvent les yeux, qui expriment la personnalité ou les sentiments d'un personnage.
Dans un texte descriptif, on emploie de nombreuses expansions qui qualifient le personnage ou le paysage et en donnent une représentation précise.

• **Le texte explicatif**
Il cherche à expliquer au lecteur un fonctionnement (notices explicatives, modes d'emploi), une méthode, des règles (manuels scolaires…), à exposer des connaissances (dictionnaires, encyclopédies…).
Employé dans des textes littéraires, le texte explicatif sert à mieux faire comprendre une situation. Sur le plan de la forme, il est marqué par l'emploi :
– du présent de vérité générale ;
– d'un vocabulaire particulier ;
– de connecteurs logiques.

• **Le texte argumentatif**
Il cherche à convaincre celui à qui il s'adresse à l'aide d'arguments.

Les niveaux de langue

8 Il existe trois niveaux de langue :
– familier,
– courant,
– soutenu.
Chacun de ces niveaux de langue se distingue par l'emploi d'un vocabulaire particulier, ou par une organisation spécifique de la phrase.

Exemples :
– familier → *Tu viens ?*
– courant → *Est-ce que tu viens ?*
– soutenu → *Viens-tu ?*
Bien entendu, le niveau de langue varie en fonction de la personne qui parle, et surtout de la personne à laquelle on s'adresse, à l'écrit comme à l'oral. On n'écrira pas la même lettre à un camarade de classe ou à un adulte ; on ne s'adressera pas de la même façon à un ami ou à un professeur, ou au principal !

Les paroles rapportées

9 Dans un roman, il existe plusieurs façons de rapporter les paroles d'un personnage.

• **Les paroles rapportées directement (discours direct)**
Les paroles des personnages sont reproduites comme elles seraient prononcées dans la réalité. En fait, dans la réalité, on ne parle jamais « comme dans les livres », car le langage oral est beaucoup plus décousu, beaucoup moins construit que dans les dialogues de romans.
On reconnaît le style direct :
– à la ponctuation et à la mise en pages. On va à la ligne à la fin de chaque réplique, et chaque réplique est précédée d'un tiret (–) ou mise entre guillemets (« ») ;
– au temps utilisé : le plus souvent le présent, le passé composé, ou le futur ;
– à l'emploi de la 1re ou de la 2e personne.

Une courte phrase (une incise) précise parfois le nom du locuteur (celui qui parle), associé à des verbes de dialogue (*dit-il*, *conclut-il*, *crièrent-ils*, *gémit-elle*) qui donnent des indications sur la façon dont les paroles sont prononcées, sur les sentiments des personnages, etc.
Exemples :
– Il a beaucoup neigé aujourd'hui ! dit Sébastien.
– C'est vrai qu'il a beaucoup neigé ! J'espère qu'il fera beau demain, répondit Yves.
– Moi aussi !

• **Les paroles rapportées indirectement (discours indirect)**
Les paroles échangées entre deux personnages sont rapportées sans reprendre directement les répliques, mais en relatant le contenu de leur propos. Le passage au discours indirect est précédé par une phrase introductive et le temps utilisé est alors l'imparfait.
*Exemple : **Sébastien dit qu'**il avait beaucoup neigé ce jour-là. **À quoi Yves répondit qu'**il avait en effet beaucoup neigé et qu'il espérait qu'il ferait beau le lendemain.*

• **Discours narrativisé**
Dans le discours narrativisé, les paroles ne sont pas rapportées, mais simplement évoquées dans le cours de la narration.
Exemple : Les deux skieurs échangèrent quelques banalités.

La cabane de jardin

Chapitre 1

1 *a*) complément du nom *ligne*. *b*) proposition subordonnée relative, se rapportant à *épicéas*. *c*) adjectif épithète du nom *heure*. *d*) adjectif épithète du nom *pierres*. *e*) complément du nom *pans*.

Chapitre 2

1 *a*) l'adjectif *suffisant*. *b*) constamment, fréquemment, allégrement, joyeusement, nonchalamment, grandement, méchamment, gentiment.

Chapitre 3

1 *a*) Auguste n'est pas grand mais trapu. Ses cheveux sont blancs, ses yeux bleus, son visage est tanné par le soleil. Il porte une combinaison rouge.
b) Le narrateur décrit d'abord la silhouette d'Auguste, puis son visage et enfin ses vêtements.

2 *a*) attribut de *Auguste*. *b*) apposé à *un des immeubles*. *c*) épithète de *vue*. *d*) épithète de *mont*. *e*) apposé à *aux Udrezants*.

Chapitre 4

1. *a*) phrase impérative. *b*) phrase exclamative. *c*) phrase interrogative. *d*) phrase interrogative. *e*) phrase impérative. *f*) phrase déclarative. *g*) phrase impérative. *h*) phrase déclarative.

Chapitre 5

1. Le narrateur parle de « transmutation alchimique à l'envers » parce que la transmutation alchimique consistait à changer le « vil plomb » en or. Ici, la situation s'est « inversée » puisque ce que l'on a appelé « l'or blanc », la neige, qui a fait la fortune des villages de montagne, s'est transformée en une malédiction, une « chape de plomb » dont on ne peut plus se débarrasser.

2. Nettoyer les écuries du roi Augias ; tuer le lion de Némée et l'hydre de Lerne ; rapporter les Pommes d'or du jardin des Hespérides.

Chapitre 6

1. *a*) connecteur logique. *b*) connecteur temporel. *c*) connecteur temporel. *d*) connecteur logique. e) connecteur logique.

2. *a*) L'expression : « Tu en dis quoi ? » est d'un niveau de langue familier.
b) Niveau de langue courant : *Qu'est-ce que tu en dis ?*
Niveau de langue soutenu : *Qu'en dis-tu ?*
c) L'utilisation de ce niveau de langue est adaptée à cette situation puisqu'il s'agit d'une conversation entre deux amis : Sébastien, le jeune garçon, et Yves, le moniteur.

Chapitre 7

❶ *a*) Le présent de vérité générale.
b) Noms concrets : grotte, berger, troupeaux, panier.
Noms abstraits : nature, forme, puissance.
c) Connecteur d'opposition : mais.
Connecteur de supposition : si ou s'.

❷ *a*) Passage n° 1. Destinateur : le père de la petite Marie ; destinataire : le docteur Constans ; fonction : témoigner.
b) Passage n° 2. Destinateur : le docteur Constans ; destinataire : les autorités municipales et les gendarmes ; fonction : donner des instructions.
c) Passage n° 3. Destinateur : le sous-préfet ; destinataire : le gouvernement (le ministre) ; fonction : faire un rapport à ses supérieurs.

Chapitre 8

❶

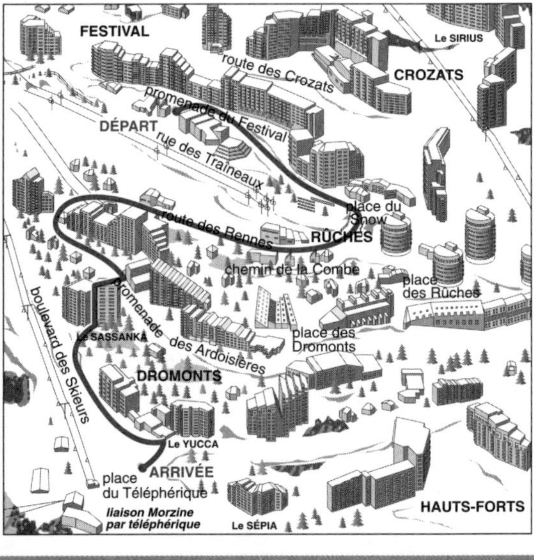

Chapitre 9

1 *a*) La base ou le radical.
b) Hurlement → base : hurle, suffixe : -ment.
Arrestation → base : arrest (arrêt), suffixe : -ation.
Pisteur → base : pist, suffixe : -eur.
Parisien → base : Paris, suffixe : -ien.
Gendarmerie → base : gendarm, suffixe : -erie.
c) châti**ment**, Alsac**ien**, lou**eur**, sci**erie**, priv**ation**.

2
Dix petits nègres → Agatha Christie
La Vallée de la peur → Conan Doyle
Le Chien des Baskerville → Conan Doyle
Une étude en rouge → Conan Doyle
Le Meurtre de Roger Ackroyd → Agatha Christie
Mort sur le Nil → Agatha Christie

Chapitre 10

1 – Comment vont tes parents ? demanda le cousin de Yves.
– Ils vont très bien, répondit Yves.
– Quand la santé va, tout va, affirma le cousin.
– Oui, tu as bien raison, dit Yves.

Chapitre 12

1 *a*) lit. *b*) bureau. *c*) chaise. *d*) armoire. *e*) tables.

2 *a*) COD. *b*) COD. *c*) COD. *d*) sujet inversé. *e*) COD. *f*) COD.

Chapitre 13

1. Alphonse Daudet.

2. Les récits que l'on trouve dans *Les Lettres de mon moulin* sont : *La Chèvre de monsieur Seguin*, *L'Arlésienne*, *Le Secret de maître Cornille.*

3. *a*) Groupe nominal → l'homme en noir, Yves, le gendarme.
b) Pronom → Sébastien.
c) Pronom → Sébastien.
d) Groupe nominal → Yves, le gendarme.
e) Groupe nominal → l'homme en noir.
f) Groupe nominal → Yves, Sébastien, le gendarme.
g) Pronom → l'homme en noir.

Imprimé en Italie par

LTV
LA TIPOGRAFICA VARESE
Società per Azioni

Varese

Dépôt légal : 07867-03/01

Collection n°67 - Edition n°01

16/8100/6